별이
빛나는
밤

별이

빛나는

밤

김준 지음

좋은땅

어느 소설가는

햇빛에 바래면 역사가 되고

달빛에 물들면 신화가 된다고 했는데

별빛으로 곱게 수놓은

우리의 시간들은

전설이 되고 야담이 되고

작은 이야기(소설)로

남을 수도 있을까

훗날에는……

서문

언제부터인지 정확하게 기억나지는 않지만, 갈증처럼 밀려오는 또 다른 나를 찾고 싶다는 생각에, 해묵은 기록들을 정리하다 보니 노랗게 색 바랜 노트 한 권을 발견하게 되었다.

손에 닿으며 금방이라도 흐트러져 찢어질 것 같은 낡은 노트를 한 장씩 넘기다 보니 깊은 숲속에서 옹달샘을 찾은 듯하다.

오늘도 주어진 시간과 공간 속에서 쉼 없는 길을 걸어가고 있다는 생각 속에서도, 내 몸 안에 기억된 지난 순간순간들은 맑고 시원한 샘물이 되어 나를 찾고 싶은 이 갈증을 조금씩 걷어 내고 있다.

삶이라는 것은 꼭 화려함에서의 시작이 아닌 두려움과 기대에 찬 출발이 아닐까?

세상에 나올 땐 아무것도 손에 들고 나오지 않았는데, 신은 우리에게 하루에도 수만 가지의 선택지를 던져 주고 있으며, 우리는 그 와중에서도 자의든 타의든 결정을 내리고, 때론 이미 정해져 있을지도 모르는 안개 속 같은 인생길을 하염없이 걸어가게 만들고 있는 것은 또 아닐까?

누구는 오늘도 엄청난 환호를 받으면서 어깨를 들썩이고 있고, 여기 또 다른 나는 마냥 축 처진 어깨를 보이며 주어진 삶의 모퉁이를 말없이 돌고 또 돌고 있다.

아름다움이 주는 사랑을 지금 세대는 어떻게 받아들일까라는 두려움과 떨림으로 글을 정리하면서, 사랑은 분명 겉모습의 아름다움에서만 포근한 출발이 있는 것이 아니고, 내면의 순수함이 더해질 때 오히려 더 따뜻함이 있음을 느끼게 하는 것 같다.

사랑은 '줄 때 더 행복하다.'는 누군가의 한마디가 기억나는 시간이다.

어쩌면 사랑을 한다는 것은 과정이면서 목표라는 두 가지 필요조건임을 우리는 어떻게 받아들여야 할지 글을 쓰면서 고민하기도 했다.

6

영진과 영희의 사랑은 화려한 만남으로 시작했지만, 그 화려함은 가족이라는 울타리 속으로 들어오게 되면서, 그 인연은 값진 가치를 갖게 되어 모두의 축복 속에서 아름답고 고귀한 하나의 추억으로 이야기되고 기억될 것이다.

진정한 사랑은 오늘도 나만이 아닌 우리라는 연결 속에서 이야기가 이어지고 쌓이고 소중하게 움직이게 되는 것 같다.

우리의 부모님 세대의 사랑도 힘든 기억만이 아닌 아름답고 가슴 떨렸던 진솔한 시간이 있었음을 기억하면서, 지금 우리 젊음의 시간들도 시대의 갈등을 넘어 사랑 속에서 하나 됨을 만들어 가며, 서로 간 작은 두근거림이라도 있으면 이 글을 통해서 스스로 행복의 꽃길을 만들어 갔으면 싶다.

1980년 시대를 가른 특정한 사랑 이야기가 아닌, 어느 시대, 어느 장소 건, 사랑이라는 따뜻함은 언제나 과정이고 목적이 되기를 다시금 염원해 본다.

- 글쓴이 김준 -

1

화창한 5월의 봄날.

하루 종일 봄의 따사로움을 듬뿍 받은 날이었다. 해가 뉘엿 뉘엿할 무렵 광화문에 있는 S회관은 올해 미(美)의 여왕을 뽑는 결선 제전이 공식 주제가의 열창 속에서 그 열기가 점점 뜨거워지고 있었다.

아름다운 꽃 진선미 보란 듯이 피었네
햇빛처럼 달빛처럼 찬란하고 은은하게
꿈속에서 뽑힌 너는 미스코리아
꽃구름에 쌓인 너는 미스코리아
자랑스런 꽃 진선미 향기롭게 피었네
하늘처럼 바다처럼 넓은 마음 푸른 마음
꿈속에서 뽑힌 너는 미스코리아

꽃구름에 쌓인 너는 미스코리아

　주제가가 울려 퍼지는 이곳은 각 도(道)의 명예와 자신의
영예를 위해, 내면의 미(美)와 지성과 아름다움을 겸비한 여성
을 발굴하는 자리로, 여성들에게는 큰 꿈과 희망을 안겨 주는
대회장이기도 하다.

　특히 참가한 후보들은 다양한 분야에서 활약하며, 사회적
영향력을 키워 나가고 있는 자들로 단순한 외모만을 강조하는
것이 아니라, 참가자들의 지적능력과 사회적 활동능력도 평가
하는 것이 선발 기준이기도 하다.
　1957년부터 처음 시작된 미스코리아 선발대회는 1972년부
터 지상파 방송사의 생중계까지 진행되면서 그 열기는 최고조
에 달했다.

　이날 서울 대표로 출전한 영희는 처음엔 주위 사람들이 얼
굴도 예쁘고 마음씨도 착하니 나가 보라는 권유로 나왔지만,
막상 예선에서 외모, 태도, 지적능력평가들을 무난히 통과한
지금에는, 어느덧 많은 수평적인 경쟁의식을 넘어서 한 번쯤
미(美)의 여왕으로 군림해 보고 싶다는 욕심마저 갖게 되었다.

예선을 마치고 본격적으로 본선 준비를 하는 기간은 정말 지금껏 영희가 겪지 못했던 자신과의 싸움이 제일 힘든 시간이기도 했다.

특히 당시 '세리'와 '마샬' 미용실의 패권 다툼에도 영희는 휘말리지 않고 무사히 본선 준비를 마쳤다.

미(美)의 여왕은 신이 내린 선물이라는 생각에 영희는 '안 될 것'이라는 생각도 수없이 했으나, 외모 관리만이 아닌 인문학 지식과 언어 및 의사소통능력, 체육 활동, 사회 활동, 자기 표현능력, 자기 관리까지 다양한 프로그램을 합숙을 하면서 준비해야 했다.

그러면서 또 다른 자기만의 인간미와 가치를 찾고 보여야 함에 영희의 가슴은 새로운 세계의 도전과 흥미로 가득 찼다.

첫 종목에서 아름다움과 우아함의 모습을 선보이게 될 때 그녀는 하얀 이브닝드레스를 입고 나왔다. 한 사람, 한 사람씩 무대에서 움직일 때마다 플래시는 더욱 강렬하게 번쩍였다.

영희는 더욱 두근거리는 가슴을 달래며 자신의 차례를 기다렸다.

"다음은 참가 번호 10번! 서울 대표 서울 미스 진! 김영희 양입니다. 현재 Y대학교 4학년이며 장래 희망은 교사랍니다."

사회자의 멘트가 쩌렁하게 울릴 때 영희는 사뿐히 무대를 회전하며 걸었다.

갑작스레 관객석이 좀 소란스러웠다.

"야! 이쁘다. 저런 미녀도 있었나?"

"야! 저런 애들은 명동, 종로, 강남을 다 뒤져도 찾아보기 힘든 애다. 귀엽다고 할까, 깨물어 주고 싶다고 할까. 이제야 좀 미스코리아를 보는 것 같구먼."

"하기야 누가 저 여자 데려갈지. 간수 잘해야 되겠다."

"야! 요즈음은 골키퍼가 제아무리 잘 막아도 골 먹는 판국인데 무슨 놈의 간수는 간수냐? 지 멋대로 놔두다 지치면 그만두게 만들어야지."

"야! 저절로 그만두려면 저 미(美)가 없어질 때까지 최소한 30년 이상은 속 썩이는 꼴 봐야 될걸?"

"야! 그러나저러나 저런 여자나 한 번 안아 봤으면 원이 없겠다."

이런저런 음흉한 소리까지 어울려 그녀가 무대를 떠날 때까지 술렁거렸다. 영희는 그런 소리를 들었는지 못 들었는지 연습한 대로 무대를 지나쳤다.

이렇듯 일부에선 미스코리아 선발대회가 성(性) 상품화라는 비판도 있었으나, 그 당시 한국 사회에서 여성의 사회 진출에 많았던 여러 제약들을, 허물고 넘어서게 만드는 데 큰 역할을 했다는 평도 있었다.

더 나아가 여성의 자기계발의 기회 부여와 사회 문화계 재원 발굴을 통해 한국 사회 발전의 한 축을 담당하는 역할도 했다.

또한 제대로 알려지지 않은 우리 문화를 세계에 알리는 계기를 마련하게 되었고, 고단한 서민 삶을 위로하는 청량제 역할을 했다는 긍정적 이유도 있었다.

이렇게 첫 관문은 통과했으나 다음 경연은 건강함과 슬림한 몸매를 선보이는 수영복 차림의 순서인데, 왠지 많은 관객과 카메라 앞에서 자신의 몸매를 보인다는 것이 영희로서는 상당히 쑥스럽기만 했다.

스물두 해 동안 곱게 지켜온 자신의 몸매를 수치(數値)로까지 나타내며 모든 비밀들을 오늘 온통 쏟아 놓는 것 같은 기분이었다.

그러나 대회는 냉혹한 것. '나의 모든 것을 보는 사람들은 나의 비밀이나 나의 어떤 수치심보다도 모든 것을 점수화하면서 어디가 잘 빠졌느니, 어디가 못생겼다느니 하고 도마 위에 올려놓을 것이지만 용기를 갖고 나서 보자.'라고 생각한 영희는 자신의 차례를 기다려 무대에 올랐다.

"야, 아까 그 애 아니야? 몸매도 잘 빠졌네."

"쟤가 이번 미스코리아로 뽑히면 제법 스캔들 꽤나 뿌리겠는데."

간단한 인터뷰 시간에 인문사회학에 대한 질문은 능숙하게 대답했지만 돌발 질문 시간의 사회자 질문은 영희를 당황스럽게 했다.

"많은 남자들이 쫓아 다녔을 텐데 어떻게 해결하셨냐."

는 질문이었다.

"병법 삼십육계(三十六計) 마지막 계책인 도망가는 게 최고가 아닌가요."

영희는 그 질문에 재치 있게 대답하여 장내에 웃음을 만들어 내기도 했다.

이런저런 선발 기준에 따른 여러 가지 심사를 마무리하고, 이젠 각종 미(美)의 여왕을 발표하는 마지막 순서가 되었다. 지금까지 영희의 성적은 각 부문에서 단연 두드러져 보였다.

'미스 H신문사', '미스 T화장품' 등 몇 부문 미(美)의 여왕들이 탄생하고, 이제는 오늘의 여왕인 진(眞), 선(善), 미(美) 세 명의 미녀 선발만 남게 되었다. 선발인원은 지금 세 명, 그중에서 진, 선, 미가 탄생되는 것이다.

여기 세 명에 뽑힌 영희는 물론, 누구도 이 상황에선 양보란 있을 수 없고 신의 가호만 있을 뿐이다.

사회자의 미스 미(美) 발표가 있었다.

"미스 미(美)……!"

잠시 침묵이 흐른다.

"미스 서울 대표……!"

이때 영희는 그것으로 만족이려니 하고 있었다. 자신도 서울 대표였기 때문이다. 그러나 귀를 울리는 소리는 달랐다.

"박주영 양!"

순간 장내에 박수가 잠시 울렸다.

다음은 미스 선(善)을 발표하는 순서인데, 남은 두 명 중에서 진(眞)을 발표하면 남은 한 명은 자동으로 선(善)이 되므로 진(眞)을 먼저 발표하기로 되어 있었다.

작년도 미스코리아 진(眞)이 발표하기로 되어 있어, 작년 미스코리아 진(眞)이 잠시 긴장 속에서 발표를 준비하는 동안 장내는 소란, 소란, 소란이다.

드디어 작년 미스코리아 진(眞)이 마이크를 입에 가까이 대었다.

"서울 대표……."

이름을 말하기도 전에 벌써 장내는 꽃다발이 줄을 잇고 그 열기는 극치에 이르는 것 같았다. 팡파르가 울리고 플래시가 여기저기에서 터지고, 시상식과 카메라 포즈를 취하느라 영희가 정신을 차리기 어려울 정도로 무대는 혼란스럽고 조명 또한 무대를 휘감싸며, 모든 축하 에너지를 쏟아내고 있었다.

올 한 해의 트렌드와 문화를 반영하는 중요한 사회적 이벤트 중 하나인 미(美)의 제전은 사람들을 열광의 도가니로 만들어 갔다.

미스코리아가 된 후의 생활은 많은 변화만큼 책임이 따르고, 각종 홍보 행사와 사회적 활동은 국내뿐만 아니라 해외에서도 다양한 이벤트에 참여하게 되어 많은 만남이 이뤄지게 된다.

시상식을 마치고 영희는 잠시 쉬고 싶었으나 막무가내로 매달려 질문을 던지는 각종 보도진과 축하객들에게 휩싸여 제정신이 아닌 듯했다. 오히려 큰 기쁨보다도 작은 고난이 이어

진다는 생각이 들었다.

그 틈에도 영희는 어릴 때 자신의 모습을 생각했다.

그녀가 어릴 때 앞뒤가 나왔다 해서 '뚱냄이'라는 별명으로 놀림을 당할 때가 엊그제만 같은데 그 앞뒤꼭지 '뚱냄이'가 일약 '미(美)의 여왕으로 탄생되다니…….' 하는 생각도 들었지만, 평탄하지만도 않았던 지난날을 순간 뒤돌아봤다.

이제 서서히 조명이 꺼져 가면서 축하행사 열기도 식어 가는 듯했다. 다시금 구석진 마음이 허전해진 듯했다. '과연 무엇 때문에 내가 이 열기에 뛰어들었단 말인가. 이제부터는 행동도 자유스럽지 못하고 괜스런 소문에도 갈피를 못 잡고 이리저리 흔들리면서 살아야 하는데…….'라는 또 다른 영희만의 내면 갈등은 더더욱 타인을 의식해야 하는 방향으로 내몰리고 있었다.

'이럴 바에야 평범한 샐러리맨 만나 수수하게 살아가는 것이 속은 편하지. 얼굴 이쁘다고 날고 긴다는 사람 만나 골치 아픈 것보다는 몇 배 나을 게 아닌가…….' 이런저런 생각이 또 스치면서 영희는 환희의 열기 속에서 평범함을 잃었다는 작은 두려움과, '겉으로 드러나는 아름다움은 포장지에 불과하다.'는 누군가의 이야기가 떠오르며 다소 혼란스럽기도 했다.

2

집으로 향하는 발걸음은 긴장이 다소 풀린 탓인지 한순간 피곤이 몰려왔다.

영희는 자신이 삶의 노다지를 캔 게 아닌 진짜 행복의 노다지를 찾기 위해, 앞으로 수많은 사람들의 틈바구니에서 얼마나 더 노력해야 할지 고민스럽기도 했다.

모든 사람들과 헤어져 이제는 어머니, 아버지, 동생 영미랑 같이 집으로 향하고 있었다.

그때 라디오에서는 영희가 항상 즐겨 듣던 〈10시의 희망음악〉이 흘러나왔다. 달콤하면서도 정감 어린 목소리. 누구도 흉내 낼 수 없는 사랑이 듬뿍 담긴 목소리를 가진 이 주인공에 의해 영희는 지금 자신도 모르게 가슴이 울렁이고 있음을 느꼈다.

언젠가 대학교 1학년 때, 아마 이 프로가 개편된 지 얼마 되지 않았는데, 프로 진행자에게 순간 강하게 마음이 사로잡혀 당돌하게 방송국에 전화해 이영진 DJ 좀 바꿔 달라 했던 기억이 떠올랐다.

대체 이토록 나를 울렁이게 하는 DJ가 어떤 사람인지 전화로라도 직접 목소리를 듣고 싶어서였는데, 막상 아무런 이야기도 못 하고 수화기를 놓아야 했던 자신의 맹랑했던 짝사랑이, 지금 이 방송을 듣는 순간 더욱 자신을 설레게 만드는 것 같았다.

하기야 미스코리아선발대회 진행 때도 사회자가 한 질문 중 '어떤 타입의 남성을 좋아하느냐.'의 질문에 솔직히 마음에 없는 말을 못 하는 성격인지라 〈10시의 희망음악〉 DJ 같은 사람요!'라고 하려다, 그것은 너무 속보이는 듯한 대답 같아 에둘러 '저희 아버님 같은 분.'이라고 둘러댔던 일이 생각났다.

이때 동생 영미가 한마디 거들었다.

"언니, 왜 그래? 오늘 같은 날 즐겁게 떠들어야지 갑자기 침묵이야?"

그때 라디오에서 DJ 이영진의 정이 듬뿍 담긴 듯한 멘트가 나왔다.

"오늘 미스코리아 미(美)의 여왕으로 탄생한 미스진(眞) 김영희 씨에게 진심으로 축하드립니다. 또한 오늘 순위에 오르지 못한 모든 미녀들에게도 축하의 노래와 위로의 노래로 '나를 잊지 말고 기억하고 이전 우리 사랑도 꼭 기억 해 달라'는, '비지스'의 〈Don't Forget to Remember〉를 한 곡 띄워 드립니다."

하는 그의 목소리가 유난스레 차 안을 따뜻하게 만들고 있었다.

영미가 언니의 눈치를 살짝 보더니 갑자기 눈을 흘겼다.

"가만 보니 언니 지금 저 DJ 생각하는구나. 맞지? 대학교 1학년 때 생각나?"

옆에 앉아 계시던 어머니가 이때 영미를 쳐다보시며

"무슨 일인데?"

하고 궁금해하셨다.

영미는 언니의 얼굴을 살짝 살펴봤다.

"글쎄 말이에요. 언니가요……."

이때 영희가 말리려고 했으나 늦었다. 영미의 맹랑한 소리가 계속되었기 때문이다. 오히려 저지하다가는 스스로 무안을 당할 것 같아서 그대로 놔두기로 했다.

"언니가요. 대학교 1학년 때 저 DJ 아저씨한테 전화해서 바꿔 달래 놓고는 아무 이야기도 못 하고 전화를 끊은 일이 있거든요. 아마 언니가 저 DJ를 무지무지 짝사랑했던 그때의 기분이 나나 봐요."

영미 말은 여기서 그치지 않았다.

"오늘 같았으면 전화를 해서 '저 김영희인데요. 왜 DJ 아저씨는 TV나 잡지 등에 얼굴을 안 내밀죠? 얼굴에 흉이 있어요? 못난이예요? 하여튼 목소리 좋은 사람은 잘생길 확률이 적다고 이야기하는데 그러나 이영진 씨는 선하고 정이 많게 생겼다고 소문이 자자하던데요……'라고 떠들 텐데, 글쎄 차 안에서 저 프로 들으면서 참으려니 오늘같이 즐거운 날 그냥 침묵으로 억지인내를 하는가 봐요."

"이왕 오늘 제가 떠들기 시작한 김에 열심히 외웠던 '참음'에 대해 한마디 하겠으니 이 잘난 영미도 칭찬 좀 해 주세요."

라고 했다.

"자장이 공자에게 참음에 대해 물었던 내용으로 '천자가 참으면 나라에 해가 없고, 관리가 참으면 그 지위가 올라가고, 형제가 참으면 부귀해지고, 친구가 참으면 명예를 더럽히지 않고, 자신이 참으면 재앙이 없다.' 했으니 언니의 참음은 오늘복이 터질 거야."

라며 외쳐댔다.

차 안의 분위기는 영미의 명언 한마디에 분위기가 업, 업, 업이 되었다.

영미가 또 한마디 던졌다.

"언니 조금만 참고 기다려! 그럼 진짜 소원인 복을 한번 만들어 보자구! 그 DJ 아저씨한테 집에 가서 내가 전화 해 줄게. 응?"

하면서 아양까지 떨었다.

영희는 영미의 소리가 그래도 오늘은 사랑스럽게 들렸다.

"애는 못 하는 소리가 없니?"

그러나 그 소리는 이미 영미의 이야기에 맞장구치는 격이 되어 버린 듯했다.

집에 도착하니 12시가 가까워 왔다. 그러나 집 안 상황은 전혀 12시라는 분위기가 아니었다. 가까운 친척들과 축하 전화로 아직도 집 안은 축제 분위기였다. 그 틈에도 각종 화장품 회사와 패션계에서 CF 촬영 및 모델로 부탁한다는 약삭빠른 섭외 전화까지 오니 그저 아연(啞然)할 뿐이었다.

이때 영미가 전화를 받다가 소리쳤다.

"언니 있잖아! 그 남자한테서 전화야. 그 남자 있잖아! 내가 전화해 주겠다는…… 남자……. 언니 벌써 복이 오는 것 같아. 대박이 또 터졌다."

하며 호들갑을 떨었다.

'남자친구래야 집안 분위기가 엄격하여 도망이 주특기인 자신에게는 같은 학과 남학생이 전부인데…… 누굴까?' 생각하다 학교 남학생으로 알아듣고 '내일 통화하자.'고 하려는데 영미가 다시 한 번 '이영진 씨'라고 큰 소리로 이야기했다.

영희는 믿겨지지가 않았다.

정말 이 순간 지독하게 짝사랑했던 그분이 나에게 전화를 했다는 것에 또 한 번 놀라지 않을 수 없었다.

영미는 그때서야 차분하게 말했다.

"〈10시의 희망음악〉 DJ 있잖아? 그 DJ께서 직접 전화를 했어. 뭐, 내일 초대 손님으로 출연해 달래나."

"언니, 2시간 정도면 아무리 바쁘더라도 시간 되잖아? 내일 가서 우리의 소원은 통일이지만 그 DJ 아저씨 얼굴 보는 것도 우리의 소원 아니야?"

"들리는 이야기로는 꽤 미남이라던데. 아마 총각이라지? 글 쎄 무슨 사연인지는 몰라도 TV나 잡지 등에 나서는 것을 의식적으로 피한다는 소리도 들리고. 참 묘한 사람이야."

"언니, 언니 덕분에 이 동생 영미 소원도 한번 풀어 봅시다. 뭐, 원님 덕분에 나발 분다는데 뭐 그러셔?"

영희는 주춤했다.

그동안 그래도 그 프로를 들으면서 많은 것을 상상도 하고 즐기며 마음을 달랬는데 이렇게 쉽게 모든 것을 보아 버리면 혹 자신의 한 가닥 기대가 사라지는 것은 아닐는지…….

그래서 영희는 영미에게 조용히 말했다.

"내일은 안 된다고 해. 학교 시험이라고……."

"왜? 언니, 언니는 그 DJ분 보고 싶지 않아? 언제는 그 목소리가 듣고 싶어 녹음해 놓고 이불 속까지 가지고 들어가더니, 지금은 미스코리아가 되시더니 이제는 웬만한 남자 아니면 싫다는 거야?"

"뭐, 다들 미스코리아 되면 친구 달라지고 꿈 달라지고 해서 뭐 수십 가지가 변한다더니 언니도 별수 없나 봐."

하며 영미는 손으로 가렸던 수화기에 귀를 갖다 댔다.

"여보세요. 언니가요."

하며 영희를 힐끗 쳐다봤다.

"내일 몇 시까지 방송국으로 가면 되느냐고 하는데요?"

이 기상천외(奇想天外)한 대답은 영희를 더욱 당황하게 만들었다. 지금까지 영희로 하여금 화를 나게 만든다든지 커다란 문제로 서로가 대립된 일이 없었건만 오늘따라 영미의 모습은 평소와 다르게 180도 달라진 모습이었다.

"야. 영미야 그 무슨 소리야?"

그러나 영미는 들은 척도 안 하고 전화기에만 매달려 말을 이었다.

"8시 30분까지요? 9층 B 스튜디오로요?"

"얘, 영미야!"

그녀는 소리치듯 외쳤다.

그런데 이게 또 웬 말인가? 영미 입에서 또 한 번 뚱딴지같은 소리가 나왔다.

"DJ 선생님! 언니가요. 전화 좀 바꿔 달래요. 바꿔 드릴게요."

하며 막무가내로 수화기를 들이밀었다.

영희는 순간 당황스러웠다. 잠시 대학 1학년 때의 일들이 번개같이 머리를 스치며 지나갔다. 잠시 말이 없었다. 그녀는 이럴 때 어찌해야 할지 몰라 불안한 가운데 수화기를 들었다. 동생을 보니 여전히 빙긋빙긋 웃고 있다.

"언니! 빨리 이야기해. 소원이었잖아?"

그때 수화기에서 낯익은 낮은 음성이 흘러나왔다.

"여보세요."

영희는 엉겁결에 대답했다.

"예, 저 김영희인데요."

그런데 그다음 해야 할 말이 영 생각나질 않았다. 자신이 왜 이 남자에게 이렇게 움츠러드는지 모를 지경이었다.

"다시금 축하드립니다. 〈10시의 희망음악〉 이영진입니다. 방송에서 첫 번째로 꼭 모시고 싶어서 실례를 무릅쓰고 전화 드렸습니다."

"너무 늦은 것 같아서 용건만 간단히 말씀드리죠. 내일 오후 8시 30분까지 9층 B 스튜디오에서 뵈었으면 합니다. 생방송이 지만 잘 준비해 놓을 테니 걱정 마시고 앞으로의 계획이나 꿈, 그리고 준비 기간 중 힘들었던 일들 생각하셔서 오시면, 저희 스크립터께서 잘 정리해 주실 겁니다."

"청취자에게 멋진 축하 자리가 될 수 있도록 다시금 꼭 부탁 드립니다. 〈10시의 희망음악〉 초대석이 마련되었으니까요."

영희는 거절할 용기조차 없었다. 더욱 그의 어떤 힘에 끌려 가는 듯했다. 끝내 영희는 약간 힘없는 어조로 말했다.

"예."

"그럼 내일 뵙죠. 안녕히 계세요."

영희는 아까와 같은 어조로 말했다.

"예."

몸에 힘은 풀린 듯했으나, 가슴은 두근거리기만 했다.

영미가 옆에서 끼어들면서 한마디 했다.

"언니도 별수 없군그래. 혼자 이불 속에서만 좋아하고 짝사랑하든 남자에겐 약한 것 같아 큰일이야. 그 남자가 혹시 뒤로 결혼이라도 했다면 언니 뺏을 자신 있어?"

당돌하리만큼 직설적인 영미의 질문에 영희는 그만 할 말을 잃고 말았다.

영희는 아무 말도 할 수 없었다. 피곤이 밀려오면서 깊은 잠에 빠져들고 싶었다. 그동안의 긴장을 모두 날려 버리고 싶었다. 영희는 부모님께 인사를 하고 조용히 자신의 방으로 갔다.

그때까지 부모님과 몇몇 친척들은 시간 가는 줄 모르고 그동안의 이야기에 꽃을 피웠다. 영미가 아직도 언니를 응원하듯 뒤에 대고 말을 던졌다.

"언니, 왕자님 흰말 타고 오는 꿈이나 꾸어!"

하며 놀려대듯 자기 방으로 들어갔다.

3

영희는 다음 날 늦게까지 깊은 잠에 빠져 있었다.

다행히도 그날은 수업이 오후 2교시밖에 없었으므로 늦잠을 길게 자고 싶었다.

일어나 보니 10시였다. 그래도 아침 기분은 상쾌했다. 그러나 그런 좋은 느낌은 잠시뿐 아침부터 무례하기 짝이 없는 연예부 기자들의 인터뷰 요청에, 정말 미스코리아 진의 하루 일과 시작은 뭇 사람들의 관심 속에서 전쟁을 치루는 것 같았다.

그런데 영미가 아침부터 보이지 않았다. 영미는 작년 대학 시험에 실패해서 재수를 하고 있는데, 그동안 언니 대회 뒷바라지하느라 학원에도 제대로 못 나가고 계속 영희와 같이 생활하다시피 했었다.

'어딜 갔을까? 혹시 어제 약속한 것을 잊고 그동안 못 만난 친구들 만나러 나갔나?' 하고 있는데, 그 순간 현관문이 활짝 열리며 영미가 들어왔다.

영희는 영미와 눈이 마주치는 순간 깜짝 놀랐다. 화장까지 한 영미의 모습이 오히려 자신보다 예뻐 보이는 듯했다.

영희와 영미는 세 살 터울이라 국민학교를 같이 다닐 때는 언니보다 더 예쁘다는 소리를 영미가 많이 듣기도 했다. 영희가 고등학교, 영미는 중학교 다닐 때는 정말 연애편지가 담장 너머로 경쟁하듯 날아와 '떴다 떴다 비행기'를 노래할 만큼 곤혹스러웠던 기억들도 많았었다.

영미는 그런 언니의 눈치를 알아차린 듯했다.

"언니, 오늘 영진 오빠 만나기로 했잖아? 그래서 미용실에 이 몸도 잠시 다녀왔습니당……. 언니보다 더 이뻐 보이려고……."

"언제부터 그분이 오빠가 되었니……."

"그런데 오전부터 밖에 카메라 들고 서 있는 분들은?"

"뭐 특종이라도 잡으려고 왔는지, 남의 사생활 들추러 왔는지 찰거머리 연예부 기자님들이랜다."

"언니, 적당히들 해서 끝내요."

영미가 재치 있게 나서서 기자 두 분만 들어오게 하여 15분

정도 질문을 받기로 약속을 하고 사진은 해당 언론사로 보내주기로 설득하여 잠시 번개 인터뷰가 이뤄졌다.

'애인은 있느냐.', '장래 희망은 뭐냐.', '좋아하는 사람, 존경하는 분은 누구냐.'와 하물며 '무슨 음식을 잘 먹느냐.' 등등 잡다한 질문들이 쏟아졌다.

"오랫동안 미스코리아를 준비했던 것이 아니라 그저 친구들 성화로 한 번 예선에 접수해 본 것이 예선을 통과하여 이렇게 큰 영광을 얻게 되었지만, 앞으로 놀라운 한국의 아름다움을 전하는 데 최선을 다 하겠다."

고 하면서 번개 인터뷰를 무사히 마쳤다.

벌써 시간은 12시를 가리켰다. 그녀는 학교로 향할 시간이었다.

얼마간 대회로 인하여 학교생활을 제대로 충실하게 하지 못했는데 그래서 오늘은 약간 미안한 기분으로 오랜만에 가는 학교였다. 물론 4학년이다 보니 대부분 학생들은 거의 일주일에 2~3일 정도밖에 수업이 없고 나머지는 직장 문제나 각종 대학원 정보를 알아보기 위해 보내는 시간들이 많았다.

학교에 도착하니 친구들과 교수님들로부터 축하 인사를 받으랴 분주해서 강의를 어떻게 들었는지조차도 모를 지경이었다.

수업 후 집으로 전화해서 영미에게 8시 20분까지 M방송국 앞에서 만나기로 하고, 6시에 있을 예정인 어제 행사의 주최 측 리셉션에 참가하기 위해서 바쁘게 학교를 나왔다.

가까운 친구들과 짓궂은 남학생들의 '막걸리 파티라도 하자.'는 요청도 뒤로 미룬 채 영희는 B호텔 크리스탈룸으로 향했다.

B호텔에 도착하니 어제의 미녀들이 오늘은 긴장과 불안함 없이 단정한 차림으로 나와서 서로들 축하와 못다 한 이야기들을 하고 있었다. 영희가 들어서니 다시금 플래시가 요란하게 번쩍이고 또 한 번의 축하 인사가 이어졌다. 그 틈에도 기자들은 하나라도 더 가십 거리를 찾으려 이리저리 집요하게 파고드는 질문 공세를 펼쳐 영희를 가끔 곤혹스럽게까지 했다.

어느덧 리셉션이 끝나갈 시간 7시 40분이 된 듯했다. 몇몇 분들이 장소를 옮겨서 이야기 좀 더하자는 청에 영희는 방송국 출연 이야기를 하고 그곳을 빠져나왔다.

시간은 7시 50분을 가리키고 있었다. 호텔 앞에서 좀처럼 택시 잡기가 쉽지 않았다.

그런데 그때 자신을 알아본 호텔 도어맨이 호텔 택시를 잡아 주는 것이 아닌가.

"이분 미스코리아야. 잘 모시고 가라구!"

"어휴! 어제보다 훨씬 더 미인이시구먼요. 아! 영광인데요. 내 차에 미스코리아분이 타고 간 사진 한 장 찍어서 붙여 놓고 다녀야겠는걸요. 그럼 뭇 사내들이 그 자리에 앉아서 기분 한 번 내려고 몰려들겠지요?"

하는 40대 후반의 기사는 꽤 유머가 있는 듯했다.

잠시 종로통이 막혀서 시간이 지체됐다.

그러나 늦지 않게 8시 25분쯤 M방송국 앞에 도착했다. 차에서 내려 두리번거리는데 영미가 옆에서 툭 치는 게 아닌가.

"언니, 좀 늦었는데? 그런데 오늘 더 예뻐 보여!"

하며 팔짱을 끼고 방송국 정문으로 들어갔다.

태어나서 처음 들어가는 방송국이라 그저 막연하게나마 생각했던 곳에 들어가려니 좀 어색했다.

그때 경비원인 듯한 사람이 언제 보았다고 자주 보던 사람처럼 인사하는 게 아닌가. '역시 미스코리아도 일상에서 편리할 때가 있구나.' 하며 영희도 인사를 했다.

"금년 미스코리아시죠? 오늘 우리 방송 미남 DJ 시간 초대석에 오신 거죠? 정말 어제보다 예쁘신데요? 아! 이거 큰 영광입니다. 제가 그 프로에 계시는 모 피디님과 가까워 살짝 들은 애긴데요. 이영진 씨께서 직접 초대 손님을 섭외하고 전화하기는 처음이라고 귀띔해 주셨습니다. 대부분 다른 PD분들이 하셨는데, 어제는 본인이 직접 섭외하셨는데 정말이에요? 하기야 그분도 총각이니까요. 아휴! 이놈이 너무 떠들었나 보군요. 잠깐만 기다려 주세요. 제가 연락드리겠습니다."

경비원은 영희를 쳐다보면서 모 피디에게 영희의 도착을 알리는 연락을 하는 듯했다. 그리고 잠시 후 영미와 영희는 9층으로 올라갔다. 지나가는 사람마다 힐끔힐끔 쳐다보며 "축하합니다."라는 말을 한마디씩 던졌다.

영희의 방송국 첫 느낌은 유명인이 특별해 보이지 않는, 방송인들 그들만의 자유스러움 그 자체였다.

영미와 영희는 B 스튜디오에 도착해서 두리번거리는데 젊은 나이에 아랫배가 불룩 나오고 얼굴은 털보를 연상케 하는 사람이 그들을 반기며 B 스튜디오로 들어오는 것이었다.

영미와 영희는 한눈에 마음의 한구석이 푹 꺼지는 듯한 느낌을 받았다. 그래도 자기 앞에 나타날 사람은 제법 목소리로 보아 약간 마른 체구에 청아하면서 뭐라 표현 못 할 신비의 훈남이 나타날 줄 알았는데 이게 웬 날벼락인가? '아! 이래서 이분이 TV나 각종 잡지 인터뷰에 나오질 않았었나?'라고 생각하니 실망감에 오히려 야속하다 못해 애절한 심정이 들기도 했다.

　그 털보는 영미와 영희를 B 스튜디오 소파에 안내해 놓고 '축하한다.'는 한마디만 하고 다짜고짜 그날 방송해야 할 몇 가지 사항을 얘기했다. 그러고는 '원고를 정리할 테니 잠시만 기다려 주시면 멋지게 준비하겠다.'고 한다.

　이때 영미는 언니에게 귓속말로 이야기했다.

　"아이구 맙소사. 사람 앉혀 놓고 이 사람들이 방송한다 하고 바보 다 만드네. 우린 뭐 원고 놓고 지껄여 대는 로봇인 줄 아나? 안 그래? 언니?"

　영미의 큰 기대가 하나씩 무너지면서 약간의 실망을 느낀 영미가 갑자기 한마디 던졌다.

　"고작 짜고 치는 고스톱 하자고 이 시간에 여기까지 부르셨습니까? 이영진 씨!"

　영미의 당돌함은 극에 달했다.

　그러자 갑자기 털보의 얼굴이 확 변하며 가볍게 미소를 지었다.

　"이영진 씨라구요? 아! 그분이 저인 줄 알고 이렇게 쌀쌀맞으셨구먼요."

　아, 이게 웬 말인가? 이 방에는 분명 이 털보밖에 없는데 또 누가 있단 말인가? 이때 영미가 또 한마디 했다.

"그럼 아저씨는 이영진 씨가 아니란 말인가요?"

"어이쿠! 제 소개가 늦었군요. 저는 이 프로를 보좌하는 스크립터 박무식입니다."

"박무식이라구요?"

영미가 깜짝 놀란 듯 엉겁결에 웃어 버렸다.

영희가 영미를 바라보면서 눈을 찔끔 하고 젊잖게 말을 했다.

"아저씨 이름 재미있는데요. 어쩌면 학교 다니실 때 성적 걱정은 안 하셨겠어요. 성적이 나쁘면 조상님 탓 아니 부모님 탓이라고 했겠지요. 부모님이 이름을 그렇게 지어 주셨으니 무식해서 성적이 나쁘다고 변명 했을 거 아니에요?"

"아, 그래도 학교 다닐 때 무식이보다 유식이로 많이 통했다구요. 물론 성적이야 무식했어도 글짓기와 음악만큼은 제가 꽤나 유식해서 가끔 연애편지도 대필 많이 해 주었고, 그 시절 최고의 맛빠인 단팥빵 무지하게 얻어먹었죠."

"해석된 팝송 가사 구절 중에서 좋은 글귀만 인용해서 연애편지만큼은 줄줄 써 주었답니다. 친구들로부터 꽤 인기였죠."

"그리고 아마 이영진 씨는 좀 늦게 도착하실 거예요. 요즈음 대학원 공부에 매진하느라 정신없이 바빠요."

갑작스런 초대지만 박 스크립터는 영희에게 프로그램 내용, 관련 이슈, 청취자가 알고 싶은 내용 및 영희의 기억되는 경험 등을 물으면서 차분히 생방송 원고를 작성했다.

　방송 시작 40분 전 허겁지겁 잠바 차림에 곱상하면서도 얼굴에 생동감이 넘치는 남자 한 사람이 들어왔다. 영미와 영희는 유심히 그의 얼굴을 바라보았다.

　그때 털보 아저씨가 인사를 하며 영희와 영미를 소개했다.

　"이것 죄송하게 되었습니다. 8시 30분에 뵙기로 하고 이렇게 50분씩이나 늦어 버렸으니 이것 어떻게 사과해야 할지……."

　이때가 찬스라 생각한 영미는 역시 가만있지 않았다.

　"그럼 끝나시고 커피라도 사 주시면 돼요."

　"그거야 뭐 어렵겠습니까. 너무 늦은 시간을 움직이다 보니 어떻게 될지 모르겠습니다만."

　영희는 그저 멍멍할 따름이었다.

　그리고 '목소리가 좋은 사람은 백이면 백 얼굴은 별로라 생각했는데, 왜 이 사람만은 그렇지 않고 상대로 하여금 더욱 편안함을 주는 얼굴일까?'

　하고 생각했다.

이때 영진이 말을 덧붙였다.

"뒤늦게나마 직접 뵙고 축하드립니다. 어제 TV로 잠시 봤을 때보다 더 아름답습니다. 우선 우리 박 선생이 모든 것을 이야기하셨을 테구요. 편안한 마음으로 대화하듯이 이어 가면 별 탈은 없으리라 봅니다."

영희는 방송 준비 전 간단한 이야기를 하면서 가슴 두근거림이 없는 일상의 대화자로 영진이 보여지는 것이, 오늘 특별한 사람으로 보여지길 원했던 영희만의 마음속 깊은 기대는 점점 작아지고 다소 섭섭한 생각까지 갖게 되었다.

이런저런 소리에 잠시 침묵을 지키던 영미가 다시 영진을 향해 물었다.

"왜 아까 늦으신 것 얼렁뚱땅 넘기려고 해요?"

그러나 믿지 않은 소리다.

영진은 웃으면서 거침없이 말했다.

"제가 내일이라도 시간 나면 꼭 사 드릴게요. 방송 끝나고 약속드릴게요. 늦은 만큼 사과는 드려야죠."

그때 털보 스크립터가 방송 준비를 알리면서 영진을 방 안 스튜디오로 들어가게 했다.

잠시 후 꿈결 같은 익숙한 시그널이 나오면서 가슴 설레게 하는 영진의 멘트가 나오기 시작했다. 현장에서 듣는 유창한 그의 목소리는 유장(悠長)한 강물의 잔물결같이, 또는 은쟁반에 옥구슬 구르는 듯하여, 그의 음성이 정말 남녀노소 가릴 것 없이 왜 매력에 빠져들 수밖에 없는지를 이해할 것 같았다.

몇 곡의 음악이 흐르고 초대석 시간이 왔다. 영진은 음악을 틀어 놓고 스튜디오 안으로 영희를 불렀다. 영희는 준비한 원고를 가지고 안으로 들어갔다.

영진이 오늘 초대 손님을 소개했다.

"올해 미(美)의 제전에서 미스 진(眞)의 영예를 안은 Y대학 4학년 재학 중인 서울 대표 김영희 양입니다. 오늘 〈10시의 희망음악〉 애청자들을 위해 피곤하고 바쁜 가운데서도 첫 인사를 저희와 함께해 주셔서 다시금 감사드립니다."

영희도 가볍게 인사를 했다.

"안녕하세요. 김영희입니다. 저도 〈10시의 희망음악〉은 첫 방송부터 청취한 열렬한 애청자이며 이 방송을 통해 첫 인사를 드리게 되어 영광입니다."

인사가 끝나고 영진은 그녀에게

"이번 대회 중 가장 힘들었던 때는 언제냐."

고 물었다.

"본선을 위한 한 달간의 합숙 생활과 수영복 심사 때, 선정적인 눈빛으로 바라보는 객석의 시선을 의식하던 그때가 가장 힘들었다."

고 영희는 답했다.

영미는 영희와 영진의 대화를 들으면서 왠지 심술이 나는 것 같았다.

그때 영진이 영희에게

"앞으로의 꿈이 있다면?"

하고 질문을 던졌다.

영희는 주저 없이

"저 자신은 선생님이 되는 것이 어려서부터의 자그만 소망."

이라고 했다. 특히,

"미스코리아가 되었다고 하여 내 꿈과 가치를 잃어버리지 않을 것이고, 초심을 꼭 지키면서 행복한 삶을 만들겠다."

는 표현도 잊지 않았다.

이런저런 내용이 오가면서 어느덧 초대석 시간은 아쉽게 지나갔다.

음악이 흘렀다. 이때 스튜디오 문이 열리면서 영진과 영희가 나왔다.

영진이 영희에게 고맙다고 인사를 했다. 헤어져야 할 시간이었다.

"시간이 있으면 차라도 한 잔 대접했을 텐데. 제가 늦어서…… 손님 대접이 영 안 좋았나 보군요."

이때 옆에 있던 영미가 말했다.

"아저씨, 그러면 커피 사 주신다는 것이 거짓말이네요? 처음 뵐 적에는 거짓말 안 할 분 같았는데……. 지금 보니 영 맘에 안 드는데요?"

"아이구! 영미 씨한테는 꼼짝 못 하겠는데요? 그럼 내일모레 시간이 되시면 저녁까지 대접해 드리죠. 오히려 제가 영광이겠습니다. 이렇게 아름다운 여왕님과 오랜 시간 뵙는 게 이 추남한테도 영광이죠."

"그럼 내일모레 꼭이에요!"

영미가 다짐하듯 못을 박아 버렸다. 영희가 눈짓을 해도 영미는 막무가내였다.

'얘가 왜 이럴까? 사춘기인가?' 그러나 말문을 막을 틈도 없이 자신의 허락은 받을 필요도 없다는 듯 약속장소마저 정해 버렸다.

영미는 언젠가 대학에 들어가면 자기가 좋아하는 사람과 단 둘이 가 보고 싶었던 장소가 생각나 묻지도 않고 약속 장소를 정해 버렸다.

"종로 베네레스토랑에서 5시에 뵙죠. 그럼 안녕히 계세요."

하며 영미는 앞장서 스튜디오를 나섰다.

영희로서는 더욱 영미의 행동을 모를 지경이었다. 영희도 엉겁결에 인사하고 돌아섰다. 하늘엔 밝은 별 몇 개가 유난스럽게 반짝인다.

4

약속 날 영희는 영미가 약속 잡은 베네레스토랑으로 갔다.

오전에 K방송국 〈쇼쇼쇼〉 프로그램에 잠시 참석하고, 학교에 잠시 들른 후 종로 베네레스토랑으로 온 것이다.

문을 들어서는 순간 레스토랑 분위기는 복고풍 인테리어에 지하 복층의 특이한 구조로 중세 시대 영화 속 한 장면같이 약간 어두침침했다. 가림막이 나무와 붉은 벽돌로 되어 있어 영희는 다른 사람을 크게 의식하지 않아도 될 것 같았다. 한쪽 구석에 이미 자리를 잡은 영미가 영희에게 손짓을 했다.

영희는 영미가 있는 자리에 가서 영미 옆에 앉으려는데, 영미가 갑자기

"내가 이영진 씨 옆에 앉을 테니 오늘은 언니가 혼자 맞은편에 앉을 수 없겠어?"

했다.

"옆자리 앉기에는 아직 개인적 친분이 없으니 나와 같이 앉는 것이 좋겠다."

고 하니 영미가 입을 삐쭉 내밀며

"오늘은 양보한다."

고 한술 더 떴다.

"언니. 그 사람 오늘도 늦으면 가만 안 있을 거야. 자기가 뭔데 우리 미스코리아께서 데이트 신청했는데 늦어? 방송국에서는 처음 보는 순간 조금은 주눅 들어 가만있었지만 오늘은 두 소매 걷고 한바탕 할 거야."

그때 레스토랑 문이 가볍게 열리며 영진이 들어왔다. 웨이터가 자리를 안내하려는데 영미의 손짓을 보고 영진은 자리로 찾아왔다. 오늘도 여전히 점퍼 차림이고 수수하면서도 보면 볼수록 정감이 가는 남자다.

영미는 조금 전까지 씩씩거리던 숨을 멈추고 요조숙녀처럼 조신하게 인사를 했다. 영희도 가볍게 인사를 했다.

왜 이리 이 사람 앞에서는 자신의 마음이 관심과 사랑받고 싶은 사람으로 변해 가는지 모르겠다.

영진은 좀 어색한 분위기를 반전시키려는 듯

"두 분은 어떤 영화를 좋아하세요? 저는 스릴러 영화를 좋

아하는데 순간 잔인함도 있지만 악당을 물리쳤을 때의 쾌감은
또 다른 시원함을 느끼죠.”

하며 물었다.

영희가

“코미디 같은 순정 얄개 영화를 좋아한다.”

고 하니 영미가 끼어들 듯

“정말 세대 차이 느끼네요. 모든 것은 식후경(食後景)이 아
닌가요.”

하며 밥 타령이다.

영미의 소리를 들었는지 웨이터가 주문을 받으려고 메뉴판
을 가져왔다. 영진은 영미와 영희에게 메뉴판을 보여 주면서
영희와 영미에게

“‘베네’는 정통 레스토랑으로 함박스테이크를 맛있게 하는
것으로 알려져 있으니 어떠냐?”

고 물었다.

이야기가 떨어지기가 무섭게 영미는

“좋아요.”

를 외쳤다.

영희도

"좋아요."

라고 동의했다.

웨이터는 이상한 듯 자꾸 영희에게 눈길을 던지는 것이었다.

주문을 받은 웨이터가 돌아간 후 영진은 다시 지난방송국 약속에 늦은 것에 대해 사과를 했다.

"그날 그 일로 이렇게 저녁 대접까지 받게 되어 괜찮아요."

라고 영미가 얘기하더니 갑자기 영진의 방송 활동 중 이해가 안 되는 사연을 듣고 싶다는 듯이 말을 꺼냈다.

"그런데 말예요. 제가 항상 의문인데요. 오늘 대답해 주실래요?"

하며 영미가 엉뚱한 질문을 영진에게 던졌다.

영진이 가볍게 웃으면서 무엇인지를 물었다.

"왜 이 선생님은 TV나 잡지 신문 등에 얼굴을 안 비치시죠? 제가 보기에 정말 미남이시고 좋은 분이신 것 같은데요?"

이때 영진은 주춤했다.

자신에게 얽힌 어제의 일들을 이야기해야 할 것인가. 지금껏 누구에게도 말한 적이 없는 자신의 그 사연을……. 그러나 잠시 생각뿐, 영진은 가볍게 웃으며 낮은 음성으로 대답했다.

"아마 실력이 없으니까 TV나 잡지, 신문기자들이 거들떠보지 않으니까 그렇죠."

하며 가볍게 웃음으로 넘기려고 했다.

영미가 그때 날카롭게 되물었다.

"아마 이 선생님은 무슨 사연이 있는 것 같아요."

그때 영진은 잠시 침묵을 지키다가 가볍게 입을 열었다.

"제가 여성분을 이렇게 개인적으로 만나게 된 것은 군 제대 후 처음인 것 같습니다. 그동안 물론 친구들과 어울려 잠시 시간을 가진 적은 있으나 이런 분위기는 참으로 오랜만인 것 같습니다. 그동안 얽힌 사연은 다음에 이야기하죠."

"영희 씨는 앞으로 바쁘시겠어요. 학교 강의 받으시랴, 각종 TV 출연 및 모델 광고 계약과 그리고 앞으로 있을 해외 나들이 등 수많은 행사 준비에 눈코 뜰 사이 없으시겠습니다."

"그래도 전 바쁜 게 좋아요. 이 선생님도 공부하시랴 방송하시랴 바쁘시잖아요? 우린 피장파장이군요."

"방송 때도 한 질문입니다만 앞으로 영희 씨 계획은 어떠세요?"

"대학이 사범대인 만큼 중·고등학교 선생을 할 예정이에요."

"TV나 영화 출연에 대해서는 어떻게 생각하세요?"

"차츰 생각해 보고 교사가 되는데 지장이 없는 범위 안에서 활동한다면 큰 문제는 없겠지요? 근데 선생님 댁은 망원동이라고 했던가요?"

"예."

이때 식사가 나왔다. 진한 크림스프를 먹고 나니 함박스테이크와 통조림에서 바로 건진 콘과, 마요네즈로 간단히 무친 마카로니, 그리고 살짝 볶은 당근, 피망, 양파, 스쿱으로 푼 듯한 쌀밥이 한 접시에 담겨 있었고 별도로 계란탕과 노란 단무지가 나왔다. 큰 접시 세 개를 한 번에 멋지게 들고 온 웨이터가 다시금 양쪽을 힐끔 봤다. 그러다,

"식사 맛있게 드세요."

하고 고개를 갸우뚱하면서 돌아갔다.

정말 맛있게 준비된 식사에 영미는 한마디 거들었다.

"이거 뵐 때마다 사 주시는 거예요? 맨날 밥 사 달래면 귀찮아하시겠죠."

영진은 웃으며 흔쾌히 말했다.

"매일 사 드리고 싶은 분들입니다."

영미는 이 순간도 놓치지 않았다.

"정말 매일 사 주시기로 약속하신 거예요. 딴소리하기 없기입니다."

영진도 한마디 거들었다.

"영미 씨는 못 당하겠습니다."

하며 한바탕 웃음을 터뜨렸다.

식사를 하며 영희의 대회 준비 과정에서의 에피소드와 영진의 방송 디제이가 되기까지 준비하고 겪었던 인내의 시간들을 잠시 이야기를 나누며 커피와 오렌지 주스를 마시고 나니, 어느덧 저녁 8시가 되어 영진의 방송 시간이 다가오고 있었다.

"오늘은 이만 일어나야겠습니다. 충분한 대접이 아닌 것 같아 죄송합니다."

"어머, 벌써 방송국 가셔야 할 시간이 되었나요?"

영미는 뭔가 아쉬운 듯 그대로 앉아 있었다. 영희도 왠지 아쉬움이 많은 외출이었던 것 같았다.

"시간 되시면 전화하세요. 미스코리아와 방송 DJ의 염문설이 나돌 수도 있으니 조심은 하셔야겠죠. 미스코리아의 명예가 있는데요. 기회가 되면 다음에 또 뵙기로 하죠!"

'말의 마술사와 미의 여왕이 만나면 최고의 로맨틱 아닌가요……'라고 한마디 더 이야기하려다 영진은 자리에서 일어났다.

영진은 카운터에서 계산을 하고 같이 베네레스토랑을 나왔다.

오늘은 달빛이 청아하고 별빛 또한 맑게 스치는 밤이다.

"집이 잠실이시죠? 제가 모셔다 드릴까요?"

영미는 환호성이었으나 영희는 오늘 뭔가 많은 생각을 하

47

고 싶어 그냥 여기서 헤어지는 게 좋을 것 같다고 했다.

"바쁘신데 빨리 가셔서 방송 준비하셔야죠. 저희는 택시가 많으니 괜찮아요. 다음에 연락드리겠습니다. 오늘 저녁은 고마웠어요. 다음에 기회 되면 제가 사겠어요."

하면서 영진의 차에서 물러섰다. 영진은 그 말에 잠시 머뭇거리다 차키를 꺼내들었다.

"그럼 다음에 뵙죠."

하며 그는 차에 올라 힘찬 시동을 걸며 종로를 서서히 벗어났다.

차가 시야를 벗어날 때까지 영미와 영희는 우두커니 바라보고 있었다.

그때 영미가 한마디 했다.

"언니, 영진이란 분 좋아하나 봐. 남자들한테 항상 쌀쌀맞게 하더니 왜 그분한테는 유독 다정하지?"

"글쎄, 나도 잘 모르겠다. 오늘은 집에 빨리 가서 푹 좀 쉬자."

둘은 나란히 택시에 올랐다.

집에 도착하니 '웬일로 둘이 함께 들어오냐?'고 어머니는 호기심 가득한 눈빛으로 둘을 바라봤다. 영미가 갑자기 빙긋이 웃었다.

"애들이 오늘 왜 이러나?"

"엄마, 오늘 있잖아요. 이영진 씨 만났어요. 그분하고 저녁도 먹구요. 이야기도 많이 했어요. 그런데 언니가 그 사람이 좋은가 봐요. 글쎄 그분 앞에만 가면 맥을 못 춘다니까요. 한 술 더 뜨면 어린양이 된답니다."

영희는 아무 말 없이 자기 방으로 들어와서 하루를 생각해 보았다.

마음 한구석이 허전하고 쓸쓸해지면서, 떠오르는 이영진이라는 사람의 생각에 마음속의 작은 파장이 느껴졌다.

누군가를 마음속에 깊이 담아 둔 적이 없던 터라 이 만남으로 인해, 지금 영희는 현실적으로 자신이 당장 해야 할 일들도 많은데 더욱 머릿속이 복잡해질 수도 있겠다는 생각에 잠시 쉬기 위해 라디오를 틀었다. 9시 30분이었다.

이영진 씨의 목소리를 들으려면 아직도 30분이나 남았다. 그녀는 밀려오는 혼란과 피로를 안은 채 침대에 몸을 누였다. 잠이 쏟아졌다.

잠시 꿈속을 헤매었다. 영진과 어느 여자가 걸어가는데 자신이 불러도 영진은 대답이 없다. 자신이 뛰면 둘도 뛰어가고……. 그녀는 그 부르짖음에 지쳐 땅에 넘어지는 찰나였다.

"언니! 10시야!"

하는 영미의 소리에 번쩍 잠에서 깨어났다.

'꿈이었구나.' 영희는 라디오에서 흘러나오는 〈10시의 희망 음악〉 시그널을 들었다. 자꾸만 그 음악 속으로 빠져드는 것이 이상하리만큼 그리움이 되어 영희의 감춰졌던 마음에 또 다른 설렘이 만들어지고 있었다. 영희는 방송 2시간이 다 끝나고서야 잠자리에 들었다.

다음 날 아침 일찍부터 영희의 생활은 더욱 바빠졌다. 며칠 후면 있을 중간고사 시험과 각종 TV 출연 요청 등으로 거의 매일 눈코 뜰 새 없었다.

5

이럭저럭 시간이 한 달이 흘러 버렸다.

이제 영희도 스스로 시간을 컨트롤할 수 있게 되었으며 좀 여유 있는 생활로 돌아왔다. 영미도 다시 학원으로 돌아갔다.

영희가 모처럼 종로를 친구들과 함께 어울려 골목길을 도는 순간 가판대에 놓인 잡지에 '이영진 본격적인 TV 방송 생활 시작한다!'라는 헤드라인 타이틀이 눈에 들어왔다. 그녀는 주춤하다가 친구들과 함께 그 잡지를 샀다.

그녀는 짙은 색안경 덕분에 다소 그녀의 유명세에 따른 주위 시선을 가릴 수 있었다.

영희는 그동안 운전도 배웠다. 부상으로 받은 자그마한 하얀색의 승용차를 타고 조금씩 시가지를 다니기도 했다.

영희는 잡지를 가방에 넣고 친구들과 마음껏 쇼핑을 하다가 집으로 왔다. 영희는 방에 들어가 우선 그 잡지부터 펼쳐

들었다.

'이영진 TV에 전격 출연!' 그가 대학원에서 전공한 신문방송학 전문 지식을 살려 각 고장을 돌며 지역 인간문화재들과 우리의 문화를 알리는 리포터로 나서게 되었으며 더욱 놀란 것은 젊은이 프로그램인 〈젊음의 열차〉에 사회자로 등장하게 되었다는 것이다.

그러나 그 잡지에서도 왜 이영진 씨가 전격적으로 TV나 잡지에 얼굴을 내밀게 되었는지 구체적으로 쓰여 있지는 않고, 그저 〈10시의 희망음악〉이 젊은이들에게 3년 만에 폭발적 인기 프로가 되다 보니 선택되었다는 정도만 쓰여 있었다.

영희는 만나고 싶다는 충동을 느끼는가 했는데 전화기에는 이미 손이 가 있음을 직감했다. 수화기를 드는 손이 조금은 떨렸지만 그는 다이얼을 돌렸다. 방송 한 시간 전이라 이영진 씨가 방송국에 나와 있을 거라는 확신이 들었다.

"M방송국이죠? 이영진 씨 부탁합니다."

"이영진 씨요? 잠시 나가셨는데요. 누구신데요?"

영희는 뭐라 해야 할지 몰라 '김영미'라고 동생 이름을 댔다.

"다시 연락드리겠다."

하고 그녀는 수화기를 놓았다. 한쪽 마음이 허전했다. 영희는 지금 이 순간 무엇을 해야 할지 자신도 모르게 초조해하고 있었다.

그때 '띠리리링!'하고 전화벨이 울렸다. 영희는 무의식적으로 수화기를 들었다. 섬찟했다. 혹시……! 했지만 적중이었다. 이영진 씨의 목소리였다.

"여보세요. 김영미 씨 댁이죠?"

"예, 영미네 집인데요. 저 영희예요. 안녕하세요? 오래간만 이네요. 그동안 통 연락도 안 하시고 바쁘셨나 봐요."

"저는 영희 씨를 방송국에서 몇 번 뒷모습이라도 보았는데요."

"그런데 왜 안 불렀어요?"

"제가 영희 씨 불러 세우면 영희 씨 인기 관리에 지장이 생기잖아요. 거, 날카로운 우리 기자 양반들 대서특필할 텐데요. 그러다가 영희 씨 혼삿길 망치려고요?"

"그럼 어때요? 안 가면 되죠."

"예? 혼자 사시겠다구요?"

"왜요? 혼자 사는 것도 괜찮은 것 같은데요."

"그것 정말 특종인데요. '미스코리아 독신 선언!' 제가 오늘 방송에 한번 떠들어 보면 어떨까요?"

"뭐라구요?"

"왜 그것은 싫은가요? 세상에 그 말 누가 믿겠습니까?"

한바탕 웃음이 흐른 뒤 영희가 궁금했던 것을 물었다.

"그리고 오늘 제가 잡지를 보니 이 선생님 'TV 전격 출연'이라고 기사가 났던데 웬일이시죠? 봄바람이 뒤늦게 불어 신바람 되셨나요?"

"글쎄요. 좀 더 바빠지기 위해서죠. 제 머릿속에는 바쁘다는 단어가 항상 오가거든요. 언젠가 제 일기 중에 잠 좀 푹 자고 싶고, 그냥 쉬고 싶은 마음에 아무것도 하기 싫은 게으른 니힐리즘적인 시절의 오래된 일기가 있었거든요."

"그때가 생각나서 지금은 그 시절의 나태함을 과감히 탈피하고자 이런 결단을 내렸죠. 요즈음 영희 씨는 좀 어떠세요?"

"제 위치로 돌아왔죠. TV나 영화 출연은 당분간 삼가고, 월드대회나 끝나고 나서 생각하기로 하고 학교에 열중하기로 했어요. 물론 월드대회는 미스 선(善)이 나가게 되어 있는데 준비 과정은 같이들 하기로 했거든요. 이젠 선생님 뵙기가 하늘에 별 따기 같은데요?"

"그럴 리가요. 시간이 나시면 주말에 한번 뵙죠. 그때는 집에까지 데려다드릴게요. 다음 날 지방으로 처음 TV 출연차 나가니까요. 토요일 방송분은 녹음으로 구성해 놓고 만나죠."

"네, 좋아요. 저도 그날은 수업이 없으니까 만나죠."

"이거 기자들 눈총 피하랴 정신없는 시간이겠군요."

"한동안 계속 기자들이 추적하는 바람에 혼났는데요."

"그럼 토요일 날 오전 중으로 연락드릴게요. 그때 장소 정하기로 하죠. 영미 씨한테도 안부 전하구요. 안녕히 계세요."

'찰칵!' 영희는 얼굴에 작은 미소를 띄웠다. 그 미소는 행복을 알리는 사랑스러운 마음의 미소였다. 앞으로 이틀, 너무 긴 것 같은 기다림이었다.

6

드디어 기다리던 토요일 주말이었다.

그동안의 모든 약속과 스케줄을 그녀는 뒤로한 채 집에 있게 되었다. 오전 시간이 지루하게도 가질 않았다. 이제 겨우 9시, 시계가 오늘따라 원망스럽기까지 했다. 음악을 틀어도 전혀 귀에 들어오지 않았다. 책을 보았다. 무슨 내용인지 모를 정도로 멍청했다. 그때 영희는 고등학교 2학년 때의 순진한 친구의 짝사랑이 생각났다.

월요일 조회 시간이었다. 오늘은 새로 오신 선생님을 소개한다는 교장 선생님의 말씀이 있었다.

그때 학교에는 총각 선생님이 한 분도 안 계셨는데 최초로 총각 선생님이 오신 것이다. 아이들은 술렁거렸다.

그런 가운데 선생님이 교단에 섰는데 제대로 말을 못하고 내려갔다. 그날부터 그 선생님은 우리의 꽃이요 우상이 되어 모든 학생의 눈총을 받게 되었다.

드디어 기다리던 선생님이 반에 들어오시게 되었다. 담당 과목은 수학인데 아이들은 첫 번째 총각 선생님의 수업이니만큼 빗질 안 하던 머리도 빗질하고 서로가 선생님의 이목을 끌기 위해서 안달들이었다.

여자 선생님보다 더 수줍게 들어오는 선생님의 모습에 우리는 선생님을 더욱 뚫어져라 바라보았다. 선생님의 얼굴은 홍당무가 되었다.

그때 갑자기 한 친구가 배가 아프다고 안달이었다. 왜 갑작스레 배가 아플까? 다른 친구들은 의아하기만 했다. 그때 그 총각 선생님은 어찌할 바를 모르다가 그 친구한테 가서 다정하게 묻는 것이었다. '어디가 아프고, 얼마나 아프냐?'며 그리고 반장에게 양호실로 데리고 가라는 것이었다.

수업이 끝나고 선생님이 양호실에 들렀을 적에 그 친구는 아주 쾌활했다. 선생님은 더욱 당황했다. 조금 전까지 배가 아파서 뒹굴던 그 친구가 지금은 너무 쾌활한 게 아닌가. 그러나 선생님은 좀 더 쉬라고 하시면서 양호실을 나가시더니 매점에서 주스 한 병을 사다가 그 친구의 자리에 놓고 나가셨다.

이런 일이 있은 후 그 친구는 몰래 선생님 책상에 편지를 넣어 놓게 되었고, 이것이 뒤에는 선생님과 제자 간의 멋진 인연으로 발전해 가는 계기가 되었다.

그런데 그때 그 친구가 배가 아프다고 한 것은 물론 그 친구가 진짜 배가 아파서가 아니고, 그렇게 해서 선생님에게 관심을 갖게 하는 하나의 방법이었다는 이야기를 들으면서 다들 한바탕 웃었다. 지금도 열렬히 사랑하고 있는 선생님과 제자의 관계가 원만히 이루어지길 바랄 뿐!

이때 전화벨이 울렸다.

그녀는 수화기를 들려다가 '사람을 이렇게 애간장 태우게 기다리게 해 놓고……. 어디 영진 씨도 속 좀 타 보아라.'는 식으로 그녀는 일부러 수화기를 늦게야 들었다.

"여보세요."

하는 남자 목소리였다. 그녀는 누군지도 확인하지 않고

"이 선생님이세요? 왜 이렇게 늦게 전화하셨어요?"

라고 말했다.

그런데 상대방이 놀란 듯 당황한 목소리가 들려왔다.

"예? 이 선생님이라고? 이 선생님이 누군데?"

아차! 영희는 자신이 너무 성급해서 실수한 것을 알았다. 그러나 이미 입으로부터 나와 버린 것을 어찌 다시 담을 수 있으랴. 목소리의 주인공은 다름 아닌 같은 과의 진석이였다.

"진석이 오늘 웬일이니?"

"웬일이긴? 오늘 토요일 아니냐. 그래서 이 몸이 미스코리아인지 미스코미디언인지 하고 데이트를 하고자 신청하오니 부디 이 간청 받으시고 오후에 데이트 한번 합시다요."

그의 익살은 교내에서 자자하듯이 오늘도 여지없이 장난스레 뇌까리고 있었다. 영희는 '오늘 약속이 있어서 안 되겠다.'면서 다음에 우리 익살 선생하고 데이트 무드를 잡자고 했다.

그때 진석이가 말했다.

"오늘 이 선생인지 무슨 선생인지하고 데이트 하나 보죠옹~. 거 살살살 기어 다니는 사람하고 어찌 데이트를 하시나이까? 그래도 이 왈왈이하고 데이트해야 재미가 있지……."

"진석 씨, 오늘 농담 그만하고 다음에 이야기하기로 하고 오늘 이만 끝!"

"야! 야야~."

하는 소리가 났으나 그녀는 수화기를 놓았다.

벌써 11시가 되었는데도 영진 씨한테는 전화가 없었다. '혹시 무슨 일이라도?' 영희는 혼자 '전화 오기만 해 봐라.'는 식으로 씩씩거릴 쯤 '따르릉!' 전화벨이 울렸다. 수화기를 드는 순간

"김영희 씨 댁이죠?"

하는 영진의 다정한 목소리가 나왔다. 그녀는 지금까지의 기다림에서 벗어나 얼른 대답을 했다.

"전데요. 선생님."

"어, 이거 죄송합니다. 늦어서……. 오늘 제가 12시 30분쯤 잠실 근처에서 잠시 누굴 좀 뵈어야 하니 1시 30분에 아파트 쇼핑센터 앞에서 뵙죠. 녹음하다 보니 조금 늦었습니다."

"그럼 1시 30분에 거기서 뵙죠."

영희는 외출 준비하기 시작했다. 그리고 옷장으로 갔다. 정장을 할까, 스포티하게 입을까 망설여졌다. 그때 엄마가 들어왔다.

"왜 이리 우리 공주께서 바쁘실까? 그 사람 만나기로 했다지?"

"엄마, 어떻게 알아요?"

"이 엄마가 너와 함께 이십 년 넘게 살아왔는데 모를 리가 있나?"

"그런데 엄마, 어떤 옷이 좋아?"

"우리 공주는 아무거나 입어도 잘 어울려요."

"엄마, 이건 어때? 베이지색 면바지와 흰색 티셔츠 그리고 베이지색 재킷."

"그것 괜찮구나."

영희는 옷을 결정하고 거울에 이리저리 모습을 비춰 보았다.

어느덧 1시가 되었다. 그녀는 점심을 간단히 하고 집에서 가까운 쇼핑센터 앞으로 갔다. 간간히 그녀를 알아보는 이들의 눈총이 이상스럽게 느껴졌다.

영희가 막 쇼핑센터의 대로로 들어서려는데 뒤에서 강한 클랙슨 소리가 들려왔다. 영희는 깜짝 놀라서 뒤를 보는 순간 그 차 안에는 영진이 있었다. 차창 너머로 보이는 영진이 화이트 와이드 면바지에 옅은 핑크빛 티셔츠와 회색 재킷을 입고 있는 모습이 정말 옷 잘 입는 훈남룩처럼 보였다.

영희는 얼른 차 안으로 빨려 들어가듯 영진의 옆에 앉았다. 영진은 영희의 캐주얼한 스타일과 살 냄새 같은 향수에 사랑스러움이 듬뿍 담겨 오는 느낌을 받았다.

차는 미끄러지듯 잠실을 벗어났다. 영미를 떼어 버리고 단둘이 만나고 보니 분위기가 다소 어색했으나 오랜 시간 만난 사람처럼 마음은 편안해지고 있었다.

잠실을 벗어나 영진의 차는 성남 쪽으로 치달렸다. 운전 솜씨가 제법인 듯했다. 영희가 입을 열었다.

"어디로 가시는 거죠?"

"미스코리아 스캔들 소문에서 벗어나기 위해 기자들의 눈을 벗어나야죠."

그때 무심결에 영희는 조금은 퉁명스럽게 말했다.

"나면 어때요? 소문대로 하면 되죠."

영진이 힐끔 그녀를 바라보았다.

영희는 무심결에 자신이 한 이야기가 쑥스러운지 얼굴이 붉어졌다.

"남한산성으로 가죠."

누가 보아도 잘 어울리는 한 쌍이었다.

차는 성남을 벗어나 막 남한산성 입구에 접어들었다. 차를 주차장에 세운 영진은 가까운 커피숍으로 들어갔다. 제법 봄의 주말이라서인지 많은 나들이객들과 연인들이 이곳을 찾아서 주말 기분을 만끽하고 있었다.

영진은 얼굴을 가리기 위함인지 햇빛 차단을 위함인지 선글라스를 썼다. 그녀도 핸드백에서 안경을 꺼내려다 집어넣어 버렸다. 이젠 그런 가식도 싫었다. 항상 어딘가에 쫓기는 듯한 생활, 움츠린 생활이 지속된 탓이었다.

며칠 전 종로에서 친구들과 책을 좀 사려고 서점에 들렀다가 어떤 남자로부터 치근덕거림을 받고 책도 사지도 못하고 나왔는데, 집 근처까지 쫓아오는 바람에 친구들과 함께 웃지 못할 술래잡기를 했던 일이 기억났지만, 오늘은 왠지 용기가 났다.

영진에 대한 어떤 믿음이겠지만, 영진으로서도 좀 더 자신 있는 모습을 남들에게 보여 주었으면 하는 그녀 자신이 오늘 이 순간만은 바라는 심정이리라.

한쪽 구석에 앉은 두 사람은 잠시 침묵이 흘렀다. 이때 영진이가 한마디 했다.

"오늘 날씨도 좋고 모처럼만에 어떤 굴레에서 벗어난 기분인 것 같군요."

"저도 마찬가지예요. 한동안 정말 하늘이 노래지는 것 같았어요. 처음엔 그저 모든 이로 하여금 제 입장이 부러운 대상이었을지는 모르나, 실제적으로 그 속에 감추어진 뒷모습들에 적응하는 데 힘겨워서 오히려 체중이 몇 킬로 정도 빠져 버린 기분이랍니다."

"그래도 오늘 쾌청한 하늘 아래서 이렇게 자유스러움을 즐길 수 있다고 생각하니 참으로 신기하기만 한 것 같군요."

"이 많은 인파들이 야외에서 주말을 즐기고 있지만 저는 유리벽에 갇혀서 밋밋한 하루의 시간을 보내야만 했으니 우물 안 개구리식 방송이었던 것 같아요."

"좀 더 일찍 이런 자리가 있었더라면 따뜻한 가슴과 더 진솔한 마음이 있는 방송을 할 수 있었을 텐데 아쉽네요. 좌우간 오늘만큼은 저도 이 인파에 끼어 있으니 사람 사는 것 같고 자유스러워서 좋아요."

"지금 사무실이나 어느 어두운 곳에서 주말을 보내는 분들에 비하면 행복하죠. 거기에 아름다운 미녀까지. 오늘 이 기분과 야외 나들이는 만점이라고 할까요."

그때 비엔나커피와 주스가 한 잔씩 나왔다. 처음 커피숍에 들어설 때부터 주위의 사람들로부터 잠시 호기심의 눈빛을 느끼고 있었는데 커피와 주스를 날라 준 아가씨가 갑자기 놀라며 반가운 소리를 질렀다.

"어머! 김영희 씨 아니세요? 정말 예쁘신데요. 텔레비전으로 볼 때보다 훨씬 예쁘신 것 같아요."

이때 주위에 있는 사람들이 놀란 듯 영진과 영희의 자리로 고개를 돌리며 관심을 나타냈다.

"어디서 많이 본 듯했더니 올해 미스코리아잖아?"

"예쁘긴 예쁘다. 그런데 저 남자는 누구지?"

"저 사람은 얼마 전 잡지에 처음 얼굴을 내민 이영진 씨 아니야?"

"제법 어울린다."

이런저런 이야기가 그들의 주위에서 들려왔다.

영희는 괜스레 쑥스럽게 생각되었지만 왠지 오늘은 더욱 그런 소리가 담담하게 들려오는 것 같았다.

영진과 영희는 커피와 주스를 마시고 자리에서 일어났다. 잠시 주위의 고개가 그들이 나가는 모습으로 집중이 되었다. 뭔가 한자리에 좀 더 같이 오래 있지 않았음이 아쉬운 듯한 눈길인 것 같았다.

영진과 영희는 커피숍에서 나와서 남한산성 수어장대(守禦將臺)로 오르는 등산로 길을 택했다. 주위를 지나칠 때마다 그들을 알아보는 사람들로부터 가벼운 목례를 받으며 이런저런 이야기를 하면서 올라갔다.

이때 영희는 지난번에 영미와 나누었던 이야기가 궁금해져서 영진에게 물었다.

"왜 갑작스레 TV나 잡지 등에 얼굴을 내미시지 않다가 돌연 활동하시게 되었어요?"

영희가 영진의 얼굴을 살폈다.

그 소리에 영진은 가벼운 미소만 지을 뿐 잠시 아무런 대답이 없었다.

"왜요? 무슨 사연이라도 있으세요?"

영희는 더욱 궁금한 듯 재차 영진에게 물었다.

영진은 잠시 머뭇머뭇하다가 이야기하기 시작했다.

"실은 저의 어려서의 꿈이 뭔지 아세요? 의사였어요. 저희 할머니께서 별것 아닌 듯한 병에 시름시름 앓다가 돌아가시는 모습을 보면서 저의 어린 마음에 그런 욕망이 강했던 것 같습니다. 그때가 아마 국민학교 3학년 때였을 거예요. 할머니는 막내인 저를 무척 귀여워해 주셨거든요."

"하루는 친구들과 밖에서 놀다가 그만 물웅덩이에 빠져서 온통 옷이 흙탕물로 범벅이었죠. 그래서 저는 집에 오면 어머니한테 혼날 것을 생각해서 그 나이에 몰래 집으로 들어가서 겉옷만 살짝 새 옷으로 갈아입고 젖은 옷은 몰래 들고 나와 개울에 가서 빨아 입으면 될 것 같아서 그렇게 입고 나오는데, 웬일입니까."

"대문을 열고 나가려는 순간 할머니가 들어오시는 게 아니겠어요? 이크! 들켰구나 하고 옷을 얼른 뒤로 감추었는데 할머니는 그러시는 거예요. '그 옷 이리 다오. 할머니가 빨아 주마. 그런데 이 정도 버릴 정도면 속옷도 다 버렸을 텐데 속옷은 어디 있냐?'고 하시는 거예요."

"저는 그때 당황했죠. 그저 겉옷만 깨끗하게 보이면 어머니한테 혼나지 않으리라 생각하고 흙탕물이 묻은 속옷을 그냥 입고 그 위에 새 옷을 입어 버렸으니 이제는 새 옷까지 버리게 되었죠."

"그때 할머니가 들어오라고 하시더니 아무런 꾸지람도 안 하시고 옷을 전부 갈아입히시고 목욕까지 시켜 주시던 할머니였는데, 앓고 돌아가실 때 그땐 의사가 되어야지 하고 생각을 했죠."

"그런데 차츰 시간이 흘렀고 할머니의 생각이 멀어지면서 그때의 꿈은 사라졌고 고등학교 때는 우연하게 어느 기자분의 체험담을 읽게 되면서 나도 진실을 알리는 멋진 기자를 해 보겠다는 생각이 들었죠."

"그러나, 이게 웬일인지 대학을 실패하고 재수하면서 다방에 드나들다 보니 거기 앉아 있는 DJ가 학교 선배였는데 제 목소리를 듣고 'DJ 한번 해 볼 생각이 없느냐.'라는 제의를 받고

음악다방에서 부모님 몰래 두 시간씩 아르바이트를 했었죠.”

“그리고 시간 날 때마다 열심히 청계천을 누비며 LP판을 구입하고, 서점에 가서 말 잘하는 방법 서적과 커뮤니케이션 능력 따라 하기 입문서, 록 아티스트 사전을, 사 가지고 틈틈이 그 책만 보았는데 그때의 인내와 열정은 오늘 이렇게 방송 진행자가 되는 데 밑거름이 되었답니다.”

“그즈음 삼촌이 M방송 아나운서 실장으로 계셔서 아버지께 앞으로 방송 진행자가 되겠다며 졸랐던 기억이 있는데, 삼촌께서 모 PD에게 ‘마이크 테스트 한번 해 보라.’고 하시고 난 후, 다짜고짜 ‘대학 졸업하기 전까지는 방송국 근처에도 오지 마라.’ 하셨던 호통이, 정말 저를 머리 싸매고 공부를 하게 만드는 계기가 되었던 것이죠.”

“그 후 방송으로 저를 추천해 주신 분은, 제가 대학 4학년 때 새벽 음악다방에서 아르바이트를 했는데, 그 새벽에 방문하신 당시 최고의 DJ며 아나운서였던 박원민 선생님이 다짜고짜 저에게 ‘〈심야방송〉 진행자가 필요한데 좀 해 볼 생각 없느냐.’는 제의에 큰절을 하면서 한번 키워 주시면 열심히 해 보겠다는 저의 결단이 방송에 저를 입문하게 만들었습니다.”

“그러나 방송 DJ 생활을 하면서도 쭉 느낀 것은 물론 고등학교 때의 작은 꿈이었지만, 어딘가에서 어렵고 힘든 사람들을 위해 활동하는 정의감 있는 기자의 모습이 뇌리에 남아 있어, 현재는 신문방송학을 전공하면서 기자는 아니지만 좀 더 마음을 담는 유능하고 능력 있는 방송인이 되려고 노력하고 있습니다."

라고 영진은 길게 얘기했다.

영희의 물음에 딱 맞지는 않는 듯한 많은 영진의 지난 이야기에 영희는 내내 석연치 않았다.

결국 영진은 오늘도 활동 중에 얼굴 없는 방송인이 된 사연은 말하지는 않았다.

둘은 어느덧 남한산성에서 가장 높은 수어장대(守禦將臺)에 들어섰다. 밑으로 보이는 마을이 왠지 오늘은 평화스럽기만 했다. 신라 문무왕 때 쌓았다는 산성으로 조선의 병자호란 때 16대 인조가 이곳에서 나라의 명운을 지키기 위해 혈전으로 40일간 맞섰던 이곳 남한산성……!

그러나 결국 청나라에 항복하며 치욕의 장소가 되기도 했던 곳이 지금은 하나의 유적지로만 변하여 역사의 아픔은 뒤로하고 편안히 쉴 수 있는 장소로 변해 버린 이곳이 정말 유난스럽게 불협화음같이 느껴졌다. 영진과 영희는 다시 그곳을 내려오면서 많은 이야기를 나눈 것 같았다.

"이 선생님! 내일부터는 바쁘시겠어요."

하며 영희가 물어왔다.

영진은 잠시 먼 하늘을 바라보다가 간단히 대답했다.

"바쁜 게 아니고 그동안에 쉬었던 것 좀 할 뿐이죠."

라고 가볍게 대답했다.

영진과 영희는 차에 올랐다.

벌써 6시를 가리키고 있었다. 아직도 이곳 남한산성에는 젊은 연인들과 아이들의 손을 잡고 나온 가족 팀들이 여전히 붐비었다. 차는 서서히 미끄러지듯 남한산성을 벗어났다.

영진은 영희와 짧은 만남이었지만 영희의 솔직함과 깊은 마음에 사로잡혀, 자신이 기대 보고 싶은 마음으로 벌써 바뀌고 있다는 느낌을 받고 있었다.

둘 사이는 어느덧 만난 기간이 오래된 연인처럼 다정했다. 영희도 영진의 다정함과 의외의 알콩달콩함에 영진이 자신의 마음에 자리 잡아 온 것을 느낄 수 있었다. 서울로 돌아온 영진과 영희는 영희의 집 근처에서 식사를 하고 헤어지게 되었다. 왠지 둘의 눈에는 아쉬움이 남아 있었다. 영희가 이때 조용히 말한다.

"선생님 전화 드릴게요. 선생님도 시간 나시면 꼭 전화하세요. 전화 안 하시면 저 골나서 아마 선생님 꿈속에 나타나서 혼내 줄 거예요."

이렇게 이야기하는 영희의 모습이 너무나 귀엽고 아름다워서 영진은 금방이라도 안아 주고 입맞춤이라도 해 주고 싶은 행복한 생각을 하게 되었다. 그러나 아직도 가끔씩 생각나는 지난 일들로 인해 모든 것을 경계하면서 그러한 생각에서 벗어나려고 노력했다.

옛날 진숙이와의 꿈같은 사랑 나누기가 번뜻 머리를 스쳐 영진은 더욱 그녀를 경계하듯 그곳을 벗어나 버렸다. 영진은 강변도로로 접어들었다. 뭔가 잊고 싶은 것들이 왜 이리 머릿속에 다시 스쳐 오는지 그는 가속 페달을 힘차게 밟았다.

집에 도착하니 집 안이 너무 조용했다.

아마 형님 가족도 모처럼 주말을 맞아 나들이 나간 것 같았다. 방에 들어온 영진은 다시금 고등학교 시절 학원에서 늦게 오면 집의 컴컴했던 모습을 떠올리며 외로움을 느꼈던 그때의 기억이 되살아났다.

고등학교 시절 누구나 부모님의 관심이 그리울 때였지만 영진은 대학 시험을 준비하느라 부모님과 떨어져 생활하다 보니 외로움이 더 컸던 것 같았다.

그러나 오늘은 그런 외로움보다 영희에 대한 그리움이 외로움으로 생각나게 한 것 같았다.

형님 가족은 10시나 되어서 집에 돌아왔다. 모처럼 가족끼리 외식을 했다며 빨리 올 줄 알았으면 같이 나갈 걸 그랬다며 아쉬워했다.

조카 5살짜리 선아와 2살짜리 정용이는 삼촌이 빨리 왔다고 좋아서 이리저리 재롱을 떨어 댄다. 귀엽다. 천진난만하다. 모든 것이 사랑스럽게만 보이는 예쁜 조카들을 보면서 자신도 이런 귀염둥이들이 있었으면 얼마나 행복할까 하는 생각을 해보았다.

이때 형수님께서 선아와 정용이에게 삼촌한테 너무 귀찮게 하지 말라고 한다. 그러나 이 꼬마 개구쟁이들은 엄마의 이야기가 들리는지 들리지 않는지 막무가내다. 업어 달라, 안아 달라……. 이때 엄마가 다시 좀 큰 소리로 하니 둘 다 멈칫했다. 이때 5살짜리 여자애 조카가 어리광 섞인 목소리로 얘기했다.

"오늘 삼촌하고 같이 잘 거야."

이때 엄마가 선아에게 달래는 소리를 하셨다.

"내일 삼촌 지방 출장 때문에 오늘은 푹 쉬어야 하니 그만

방에 가서 엄마하고 자자."

선아는 금방 눈물이 글썽거렸다.

그렇지만 영진은 선아를 안고 방으로 건너왔다. 삼촌 방에 온 후에 선아는 삼촌이 책상에 앉아서 내일 출장 스크립트들을 준비하느라 바쁜 모습을 보자 마음을 바꾸었다.

"삼촌, 바빠? 그럼 오늘은 이 선아가 양보야. 난 엄마랑 잘게. 그럼 삼촌 잘 자~. 선아는 안 무서워. 혼자자도. 삼촌은 무서워?"

하며 나가려고 했다. 영진은 웃으며 선아에게 볼에 뽀뽀해주고 꼭 껴안았다.

"그럼 선아도 잘 자~."

'정말 세상에 이렇게 순진하고 악이 없는 세상이면, 얼마나 세상이 밝아지고 아름다워질까.' 영진은 생각에 잠겼다.

오늘 하루의 생활들이 뇌리를 스치며 영희와의 첫 데이트가 자신에게 커다란 전환점이 될지도 모른다는 생각이 들었다. 영진은 잠시 자신의 생각이 멋쩍다 생각되었지만 강하게 영희에게 끌려 들어가는 자신의 마음을 다시금 느낄 수 있었다.

7

첫 TV 출연.

다음 날 영진은 아침 일찍 방송국으로 향했다. 그리고 카메라 기자 2명과 함께 첫 번째 도착지인 항구도시인 부산으로 향했다. 부산 지방을 소개하며 우리나라 제2의 도시로 최대의 항구도시인 부산에서, 처음 민족 문화의 긍지를 담아 전한다는 생각에 가슴이 설랬다.

이미 구석기 시대부터 무리지어 살았던 지역이기도 한 부산이다.

특히 1876년 조일수호조약에 의해 왜관이 설치되어 일본인 거류지이기도 했던 역사를 바탕으로, 1949년 부산시가 되고, 6·25 전쟁 중이던 1950년부터 1953년까지 우리나라 임시 수도였던 부산을 소개한다는 것은 무척 힘든 준비였다.

방송 기자재와 카메라 기자를 실은 승합버스와 영진이 탄 승용차는 힘차게 고속도로를 질주했다. 부산에 도착하니 부산 M방송국의 몇몇 인사들이 부산을 소개하기 위해 오늘 스케줄을 잡아 놓았다.

점심을 간단히 먹고 곧바로 방송 스케줄에 따라 온통 부산을 누볐다.

저녁 10시가 되어서야 녹화 방송은 끝났다. 부산의 저명인사와의 대담에서부터 부산 특유의 항구 도시를 설명하느라 영진은 무던히 애를 썼다. 몇 번의 시행착오 속에 첫 방송 준비는 무사히 끝났으나 시청자들의 반응이 문제였다.

영진은 부산의 M방송국의 몇몇 사람들과 간단히 술 한잔을 하고 잠자리에 들었다. 하루 종일 차에서 그리고 녹화 방송으로 시달리다 보니 무척 피곤했다.

다음 날 영진은 동이 훤히 밝아서야 잠자리에서 일어났다. 아침 식사를 부산에서 유명한 대구탕으로 간단히 하고 영진의 일행은 서울로 출발해야만 했다.

방송 일정은 수요일이지만 영진은 저녁 FM〈10시의 희망음악〉프로를 진행하기 위해서 곧바로 올라가야만 했다.

오후 3시쯤 서울에 도착하여 방송국으로 가서 부산 출장을 완료하고 오늘 라디오 방송할 것을 준비해 봤다.

드디어 수요일이 왔다.

영진의 첫 항구도시 부산 탐사방송이 시청자들의 눈에 심판을 받는 날이 왔다.

저녁 8시부터 8시 30분까지의 방송 프로는 안방의 황금 시간대로, 자칫 프로의 퀄리티가 떨어지게 되면 시청자에게 눈총을 받을 시간이기도 했다.

영진도 TV 앞에서 그 프로가 시작되기를 초조하게 기다렸다.

드디어 방송이 시작되었다.

그의 정감 어린 목소리와 얼굴이 처음 나오는 순간 영진은 긴장이 되었다. 그러나 처음 TV 앞에 나오는 사람치고는 꽤 유연해 보였다.

항구도시 부산을 알리는 시간이 어떻게 흘러갔는지 모르겠다. 이때 담당 PD와 제작부장이 손목을 턱석 잡는다.

"아주 멋진 진행이야. 그러면서 시사성까지 가미된 영진 씨의 멋진 진행은 정말 대단한 인기를 얻는 프로가 되겠는걸."

이때 전화벨이 울리면서 '영진 씨를 바꿔 달라.'는 소리며, '축하한다.'는 소리, '정말 왜 그동안 TV에 출연하지 않았느냐.' 등 가지각색의 반응이 쇄도해 들어왔다.

영진은 잠시 긴장에서 풀린 듯 목이 말랐다.

첫 방송은 유래 없는 호응 속에 성공이었다.

시청률까지 대박이다.

영진은 이때 조용히 시간을 가지기 위해 자신이 진행할 스튜디오로 올라왔다. 잠시 쉬려는데 박무식이 소리쳤다.

"이 선생님, 급한 전화 같은데요."

하며 전화 좀 급히 받아 보라는 소리였다. '누구냐?' 고 물어보았더니 '그냥 받아 보면 알 거.'라고 하며 왠지 장난기 어린 미소를 던졌다.

영진은 오늘 방송에 관한 전화면 담당 PD가 모든 것을 받아 넘기기로 하고, 쉬려고 올라왔는데 '웬 전화냐?'며 되물어도 그는 싱글싱글 웃기만 했다. 영진은 이상한 기분에 수화기를 들었다.

"예, 이영진입니다."

그때 맑은 웃음소리와 예쁜 목소리가 들려왔다.

"예, 저 영희예요."

정말 어떤 전화보다 반가움이 벅차오르는 소리였다. 두근거린다고 할까. 순간 따뜻한 감정을 끌어안은 것 같은 참으로 묘한 기분이었다.

"오늘 정말 멋있던데요. 첫 출연이시다 보니 성원이 대단했겠습니다."

"뭐, 좀 얼떨떨한 기분이 들더군요."

"아니에요. 이상한 곳은 한 군데도 없었구요. 정장하신 모습이 더욱 산뜻해 보이구요. 특히 시사성까지 곁들인 진행은 많은 시청률을 올리게 할 것 같아요. 저 내일 방송국에 들를 기회가 있는데요. 커피 안 사 주실 거예요?"

"그것 뭐 어렵겠어요? 무슨 프로인데요?"

"〈달리는 퀴즈대행진〉요. 4시부터 지하 공개홀에서 녹화하는 거예요."

"좋아요. 그럼 끝나시고 전화 주세요."

영진은 오늘 프로부터 자신의 라디오 방송에도 애청자들과 많은 이야기를 나누기 위한 전화 신청 코너를 마련했다.

갈수록 영진이 이끄는 프로는 급상승의 인기를 누려가고 있었다.

다음 날 6시쯤 되어서 영희한테 전화가 왔다.

공개 방송 녹화 끝내고 구내 커피숍에 있다고 내려오라는 것이었다. 영진은 많은 눈총도 있고 하니 길 건너 지하 레스토랑에 가 있으라고 하고 곧바로 영진도 레스토랑으로 들어갔다. 영진도 요즈음은 한결 눈총이 따갑게 느껴졌다.

TV 출연 전까지만 해도 얼굴을 안 내밀었기 때문에 크게 신경 쓸 일은 없었는데 이제 하나하나가 부자연스럽기까지 했다.

지하 레스토랑에는 산뜻한 원피스를 입은 영희가 구석진 곳에 앉아서 뭔가 깊은 생각에 잠겨 있어 보였다. 영진은 가만히 그 앞에 앉았다.

"어머! 언제 오셨어요?"

"뭘 그리 골똘히도 생각하세요?"

"그냥요. 사랑이란 것들이 참 좋아서요."

라고 말하고는 영희는 얼른 영진의 모습을 살폈다. 혹시나 자신의 흔들리는 모습이 이 남자에게 들키지나 않았나 해서다.

"오늘 무사히 마치셨나 보죠?"

"끝나기는 했는데, 고정 출연을 좀 해 달라고 하니 어떻게 하죠?"

"그거 뭐 어려울 건 없을 거예요. 대신 바쁘게 생활해야죠."

"저는 되도록 제 공부만 하려고 하는데 왜 이렇게 방송 쪽에 휘말려드는지 모르겠어요. 제 꿈은 예나 지금이나 선생님인데요."

이때 웨이터가 다가오더니 영희를 힐끔 바라보며 이상하다는 듯 고개를 갸우뚱했다.

그러더니 영진에게 오랜만에 오셨다며 어제 TV 프로 잘 보았다면서 자신도 부산 사나이인데 정말 고마웠다고 했다.

영진은 그저 웃기만 하다 메뉴를 보더니 영희에게 얼굴을 돌렸다.

"저녁 하시죠. 저도 저녁 할 시간이고 영희 씨도 저녁 시간 인데……. 여기, 정식으로 두 개요."

영진과 영희는 점점 뭔가 떨어져 있으면 그립게 느껴지는 연인 관계로 되어 가는 것 같았다. 이때 영희가 걱정스런 얼굴로 말했다.

"이제 선생님 만나 뵙기가 힘들겠는데요."

하며 아쉬운 표정이었다.

"학교 가시랴, 라디오 방송에, TV 프로 두 개 맡으시랴…… 정신없으실 것 아니에요?"

"그래도 우리 영희 씨 만날 시간은 얼마든지 있어요. 방송 펑크는 낼지 몰라도 영희 씨 데이트 시간은 지킬게요."

이렇게 영진도 이야기해 놓고 왠지 자신의 마음 한구석을 영희에게 보여 준 것 같아서 갑자기 얼굴이 뜨거워졌다. 영희가 이때를 기다렸다는 듯 바로 말을 이었다.

"선생님 정말이에요? 그럼 저는 매일 선생님 뵙자고 할 텐데요?"

하며 귀엽게 입을 삐죽했다.

이런 영희의 모습을 볼 때면 영진도 마음 구석구석을 파고

드는 사랑이란 것을 하나씩 쌓아 가고 있음을 느끼고 있었다.

둘은 식사를 마치고 그 레스토랑을 나오는데 웨이터가 영진에게 말을 붙였다.

"이 선생님, 정말 예쁘신 분인데요!"

영진은 그저 '동생'이라고 했다.

"미스코리아 동생도 이 선생님한테 있었나요?"

하며 살짝 윙크를 보냈다.

잘해 보라는 성원의 윙크 같았다. 왠지 영진은 기분이 상쾌했다.

영희는 자신의 승용차를 몰고 방송국을 벗어났다.

그녀가 시야에서 사라질 때까지 우두커니 방송국 앞에서 바라보려는데 경비 아저씨가 오더니 슬쩍 말을 걸었다.

"이 선생님 요즈음 이상해요. TV 전격 출연에……. 아마 연애하시나 봐요."

영진은 가볍게 인사만 하고 그 말에 가벼운 웃음만 남기고 오늘 방송할 스튜디오로 들어왔다. 박무식은 오늘 프로 준비에 정신없이 뭔가 생각에 잠겼다가 영진이 들어서니 얼른 영진의 얼굴을 보면서 싱긋 웃으며 한마디 했다.

"이 선생님 요즈음 그 영희 씨라는 분한테 사랑을 느끼시나 봐요. 며칠 후면 또 요란스럽게 잡지 기자들 떠들겠는데요. 미스코리아와 인기 DJ의 비밀 연애라……. 인기 관리에 신경 쓰셔야겠어요. 이 선생님…… 더 숨어서 만나셔야겠습니다."

영진은 그런 기자들의 뒷이야기들이 야속하다기보다는 재미가 있을 것도 같다는 생각이 들었다.

왠지 가식적으로 세상을 살아가는 게 그로서는 역겨웠기 때문이다.

다만, 연예인들은 글자 그대로 자신의 연애 때문에 크게 인기가 좌우된다는 강박관념으로 많이들 조심하고 있다지만, 영진으로서는 그런 것 또한 싫었다. 떳떳한 만남, 이 얼마나 순수한 감정의 표현인가.

다만 영희와의 나이 차와 아직은 미스코리아로서의 2년여간의 의무 활동에 부담을 줄 수 있다는 생각에 다소 신경이 쓰이긴 했으나, 결국 남들도 인정하는 사랑의 승자가 되기 위해서는 영진 스스로 모든 책임을 지면 될 것 아닌가라는 오기도 생기게 되었다.

영진은 방송 진행과 학교생활에 쫓기는 중에도 토요일이 되었다.

이날 또한 〈젊음의 열차〉인 순수한 틴에이저 대상의 프로가 기다리고 있었다.

인기 여성 MC인 이미숙 양과 함께하는 진행이다. 일요일 오후 5시부터 6시까지 방송되는 〈젊음의 열차〉프로 토요일 녹화 준비로 또 곤혹을 치러야만 했다. 이 녹화 또한 젊은 층에 대단한 인기 프로이므로 영진으로서는 커다란 부담이 앞서는 것 같았다. 다만 재치 있는 파트너 MC인 이미숙 양에게 좀 의지하는 수밖에 없었다.

방송 스크립트가 오전에 영진의 책상 위에 놓여 있었다.

영진은 프로 하나하나마다의 개성을 살리고 좀 더 새로운 모습을 보여 주기 위해서, 스크립트의 틀에 박힌 듯한 말을 과감하게 삭제하고 좀 더 젊음의 모습을 뜨거운 열기로 보여 주기 위해서 진행자들과 많은 토론을 가졌다.

드디어 또 시작이다. 공개홀을 가득 메운 젊은이들 속에서 영진은 또 한 번의 심판을 받는 날이었다.

각종 조명이 현란스럽기까지 했으나 영진의 대담성은 이 모든 것을 무색하게 했다.

그렇지만 방송이 어떻게 끝났는지 모르겠다. 다만 끝났다는 기분에 후련해지기도 했다.

이때 담당 PD가 윙크를 했다.

역시 오늘도 멋진 진행이었다는 안도의 윙크였다. 영진은 출연진들과 카메라맨들까지 한 분 한 분들께 일일이 다니면서 수고했다고 인사를 하고 공개홀을 나오려는데 누군가 자신을 부르는 소리를 들었다.

뒤를 돌아본 영진은 깜짝 놀랐다. 영미였다.

영진은 반갑게 인사를 하고 커피숍으로 가자고 했더니 친구들이 있다고 다음에 뵙자고 했다.

그렇지만 영진은 친구들과 같이 오라고 했다. 꽤 발랄한 친구 세 명이 걸어왔다.

영진은 방송국 커피숍에 그들과 함께 들어갔다.

영미는

"언니만 만나고 자기에게는 그동안 연락도 없었다."

며 뾰로통한 표정을 짓더니 이내 웃어 버렸다. 그러면서 고등학교 친구들을 소개했다.

영미는 여느 때와 마찬가지로 발랄하면서 항시 귀여웠다.

"여기 내 친구들은 대학에 다니며 미팅하느라 정신없는데 저는 오늘도 내일도 머리 동여매고 재수하려니 뒤숭숭해서 요즈음은 통 머리에 공부가 들어가지 않네요."

라고 푸념을 했다.

영진은 재수 시절 생각이 났다.

"나도 재수생으로 발을 디딘 사람 중에 하나죠. 제가 재수할 때만 해도 상당히 소란스러웠죠. 하기야 그 재수 생활이 저에게는 커다란 변화를 던져 주었던 한 해였죠."

"처음 대학 발표에 떨어지자 정말 아찔하더군요. 집에 들어가고 싶은 생각도 없었구요. 혼자서 마냥 아무 생각 없이 걸어 다니고만 싶었답니다. 이럭저럭 대학 떨어진 친구들과 만나서 못 마시던 술도 마셔 보았지만 그 허무감을 메꾸기에는 아무 소용도 없었습니다. 집에 들어오니 모두 그저 침묵들이죠. 친구들, 친척들의 전화는 빗발치는데 뭐라 얘기할 수가 있어야죠."

"아마 거의 일주일간 집에서 꼼짝 안 했을 거예요. 그러다가 재수하기로 결심하고 학원에 등록했지만, 이제는 모든 눈길에서 내가 실패자로밖에 안 보여서 학원 때려치우고, 친구하고 둘이 경기도 덕소에 있는 조그마한 아파트 하나를 얻어서 들어가 머리 싸매고 공부하기로 했죠."

"방 하나, 부엌 하나로 옛날에 어떤 회사 기숙사로 사용했다던 아파트더군요. 물론 그놈 아파트가 하도 이상해서 들어갈 때도 왜 이리 복잡한지…… '백부장'인지 '천부장'인지의 허락이 있어야 들어간다고 하는데, 마침 친구 녀석이 그 아파트 백부장과 잘 아는 사이라서 겨우 들어갈 수가 있었죠."

"며칠간은 공부한다고 밤잠도 설쳐 보았지만 '작심삼일'이라는 말이 있듯이 이제 저녁마다 가까운 덕소에 커피를 마시러 다니고, 안 피우던 담배도 배우고 술도 마시고 갈수록 태산이었답니다. 밤에는 드디어 술, 담배로 보내고 낮에는 피곤하니 잠자고 이러다 보니 재수가 제대로 되었겠어요? 그 생활도 한 달 만에 청산하고 집으로 왔죠."

"집에 와서 곰곰이 생각해 보니 대학 떨어졌을 때의 기분이 갑자기 엄습해 오는 것 같더군요. 그래서 집에서 재수하기로 하고 영어, 수학 과목만 학원에 다녔답니다. 물론 방송 진행자의 끼는 버릴 수 없어 부모님 몰래 DJ에 대한 공부도 열심히 했죠."

"지금은 지나고 보니 해 볼만 했던 것인지 필요 없었던 것인지 잘 판단은 서지 않지만, 그래도 당시 우리끼리 이야기는 '재수는 필수고 삼수는 선택'이라 해서 서로의 마음을 달래 보려 했던 것 같았어요."

"그렇지만 그때 느꼈던 가장 큰 것 중 한 가지는 사람 위에 사람 없고 사람 아래 사람 없다는, 우리들은 누구나 소중한 존재라는 커다란 깨달음을 알게 되었답니다."

"물론 중간중간 재수하며 유혹도 많이 받았지만 그 모든 것이 좋은 경험들이었답니다. 우리 영미 씨도 좋은 경험이 되고 의미 있는 재수 생활이 되길 바라요."

영진의 긴 이야기가 끝나고 영미 친구들이 한마디씩 했다. 오늘도 역시 영미의 같은 질문은 친구끼리 짠 듯했다.

"근데 이 선생님은 왜 그동안 TV나 잡지 등에 얼굴 내미시는 것을 꺼리셨어요?"

"얼마 전 TV 출연 때 뵈었었는데 정말 멋있던데요? 물론 오늘 뵈니 더욱 미남이시구요."

"기회가 없어서였겠지요."

하며 영진은 얼버무렸다.

이런저런 얘기들을 나누다 보니 눈 깜짝할 사이 시간이 흘러갔고 영미와 친구들은 헤어짐이 아쉬웠지만 영진은 방송 준비할 시간이었다.

영진은 그만 자리에서 일어나자고 하며 밖으로 나왔다.

"오늘 즐거웠어요."

하며 반갑게 인사하자 영미와 그의 친구들도 같이 인사했다.

"만나 줘서 고맙습니다."

영진은 또 내일 지방 출장 준비 때문에 방송을 마치고 곧바로 집으로 향했다. 집에 도착하니 아버님 어머님이 와 계셨다. 누님 댁에서 한동안 보내시다가 다시 형님 댁으로 오신 것이었다.

그러고 보니 이제 영진도 집을 구해서 옮겨야 될 것 같았다. 그동안 너무 형님 집에서 신세를 많이 진 것 같았다. 영진은 밤늦게까지 집안 이야기를 하다가 잠자리에 들었다.

서너 시간 잠을 잤을까? 시계에서 일어나라는 알람 벨이 울렸다. 오늘도 강행군이었다. 아침부터 이리저리 오가며 인터뷰에, 그 지방 소개에, 서울에서 그리 멀리 떨어지지 않은 강화도에서 하루를 보냈다.

우리나라 섬 중 4번째 큰 섬으로 민족의 얼이 담긴 곳이며, 지리상으로 고려의 수도였던 개경(개성)과 조선 및 대한민국의 수도인 한성(서울)과 가까우며, 임진강과 한강의 바다 쪽 출구에 있어 군사적인 요충지 중 하나였던 곳이다.

한때는 국난의 피난처이기도 했던 곳, 강화도조약의 치욕들, 이 모든 한을 담고 있는 강화도를 소개하고 곧바로 집으로 왔다.

여느 때보다 일찍 집에 오니 누님 댁 조카한테서 전화가 왔다. '삼촌 왜 집에 좀 안 오느냐.'는 것이었다.

영진은 조카의 전화를 받고 생각하니 너무 그동안 뜸했던 발길이 무심하기조차 했다. 각종 방송 스케줄과 학교 공부에 쫓기다 보니 집안엔 통 신경을 쓰지 않았고 조카들마저도 잊었던 것이 그러했다.

영진은 형님 댁 조카들을 태우고 영동의 누님 댁으로 갔다. 누님은 '웬일이냐.'며 놀랐다. 조카들은 삼촌 왔다며 마냥 즐거워했다. 또한 동생들까지 왔으니 아파트가 떠나가도록 소란을 피웠다. 그들의 모습은 마냥 순진하고 깨끗했다.

영진은 조카들과 한참을 놀아 주고 돌아올 무렵 누님한테 '집 한 곳을 좀 알아봐 달라.'고 부탁하고 형님 조카들을 태우고 다시 집으로 왔다. 누님 집 꼬맹이들은 '삼촌 자고 내일 가.'라고 매달렸지만 집에 가서 분가 문제도 생각해 보고 이야기도 할 겸 해서 늦지 않게 집으로 왔다.

집에 와서 독립 이야기를 하니 결혼하기 전까지는 여기 있으라고들 야단이다. 그러나 이제는 형님 집에서 그만 폐 끼치고 나와서 생활해야겠다는 결심을 한터라 '진즉부터 생각하고 조그마한 아파트 하나 물색 중.'이라고 했다.

8

영희와의 만남도 어느덧 수개월이 흘렀다.

다행히 방송이나 잡지 등에 아무런 말썽 없이 지나갔던 세월이었다.

영희의 대외 활동도 많이 자연스러워지고 있었다.

영진도 모든 방송 진행들이 인기 프로로 자리매김 해 나가고 있을 무렵, 영진은 쉽게 거부할 수 없는 국가지원 해외 공연 사회자 부탁이 들어왔다.

이미 해외 공연 준비는 오래전부터 정부 관계자들과 방송사 간에 준비되어 한 주 후에는 출발해야 하는데, 사회를 맡을 당시 희극 배우와 코미디언 겸 사회자로 최고의 인기를 누리던 이주익 씨의 갑작스런 입원으로 다른 사회자를 급하게 찾고 있었다는 것이다.

공연 내용은 1970년도 오일머니를 앞세운 산유국 중 바레인, 쿠웨이트, 카타르, 사우디아라비아 등에, 대한민국의 근로자들이 진출하여 부족했던 항만, 도로 등을 건설하면서 한국 경제를 살리는 데 견인차 역할을 하고 있는데, 그들과 교포들을 위로하는 자리를 마련하는 것이었다.

또한 이 행사를 통해 가족과 수년간 떨어져 외롭게 생활하는 근로자들에게 희망과, 대한민국 사람으로서의 자긍심도 심어 주는 데 그 의미를 두고 있기도 한 것이다.

근 한 달간 유명 가수와 코미디언들이 어우러져 공연하는 특별 행사인데, 특히 가수 중 가족들을 울린 〈타국에 계신 아빠에게〉를 부른 H 가수의 동행은 근로자들께 최고의 선물이기도 했다.

국내에서 내로라하는 국악 팀들도 합류하여 해외 공연 역사상 위로공연으로는 최고의 행사 팀을 준비한 것이었다.

중동 지역을 돌아 우리의 가장 강력한 우방국인 미국을 거쳐 돌아오는 장장 한 달간의 긴 공연들이 빼곡히 계획되어 있었다.

아직껏 해외 공연 활동이 없었던 영진으로서는 쉽게 결정을 할 수 없었는데, 평생 이런 행사를 다시 해 볼 수 없을 거라는 욕심과, 간곡한 경영진의 부탁으로 영진은 큰 결심을 하고 공연에 참가하기로 결정했다.

영희에게 연락을 하려다 그동안 무리했던 겹치기 방송 활동에 힘들다는 하소연만 했던 터라 영희에게 걱정만 줄 것 같아 연락을 그만두기로 하고 조용히 해외 공연을 출발하기로 결심했다.

그러나 막상 출발일이 되니 아무 이야기 없이 떠난다는 것은 정말 무책임한 사람으로 비춰지고 또 다른 상상 거리를 만들어 줄 것 같아 출발 전 영희에게 전화를 하여 자초지종(自初至終)을 이야기했다.

"그동안 한마디 말도 없다가 불쑥 다녀오겠다는 인사만 하고 떠나면 다예요?"

라며 뾰로통하게 영희가 전화를 받았다.

그러면서 다짜고짜 지금 김포공항으로 나온다는 것이었다. 영진은 귀국하는 날 만나기로 하고 오늘은 정말 미안하지만 건강하게 다녀와서 말 못 하고 다녀온 것을 꼭 무엇으로든 갚겠다고 영희를 열심히 이해시키려 했다.

영희는 화가 났다. 떠나는 날 한마디 말만하고 떠나는 영진이 야속하고 원망스럽기까지 했다.

그러나 지금은 어찌할 수 없음을 알고 있는 영희는 '아프지 말고 무사히 잘 다녀오라.'는 인사로 영진을 보내 주어야만 했다.

첫 도착지는 아랍권의 사우디아라비아였다. 비행기로 하루를 타고 온 곳이다. 그러나 막상 현지에 도착하고 보니 우리들의 피곤함보다는 근로자들이 사막 뙤약볕 아래서 땀을 흘리며 일하는 모습을 보니 눈물이 왈칵 흘러내렸다.

금방이라도 숨이 막힐 것만 같은 사막의 현장이었다. 정말 검은 황금인 석유 하나로 세계의 강국으로 부상하게 된 이쪽 나라를 보면서, 석유 외에는 모든 것이 저주받은 땅으로 여겨질 만큼 덥고 삭막하기만 한 곳인데, 역시 오일머니를 앞세워 세계를 움직일 수 있다는 것이 부럽기도 했다.

그러나 우리의 근로자들은 힘든 여건에서도 굴하지 않고 사막의 열기와 싸우면서도 내 민족, 내 가족의 앞날을 위해 열심히 일하고 있었다.

밤이 되어 첫 공연이 시작되었다.

각 기업체의 근로자와 그리고 멀리서 온 우리의 교민들까지 아마 수천을 헤아리는 듯했다. 공연은 사막의 열기와 사람들의 열기가 뒤섞이면서 열광과 환호 속에서 무사히 끝마쳤다.

영진도 인기 가수들과 함께 공연 후 몰려드는 근로자들과

해외 교포들에 휩싸여서 얼마간 즐거운 잔치를 한 번 더 치러
야만 했다.

쿠웨이트, 아랍에미리트, 바레인 등 공연은 가는 곳마다, 우
리의 정을 듬뿍 담아 주고 우리나라 문화의 혼을 다시금 세계
에 알리는 웅장하고 감동적인 공연이었다.

영진에게는 우리 근로자들의 땀 흘린 노력으로 해외 시장
에서 대한민국을 알리고 우리 경제에 밑거름을 제공하는 해외
현장을 경험할 수 있었다는 것도 큰 영광이고 경험이었다.

드디어 마지막 공연지는 미국이었다.

미국에서도 며칠간 머물면서 미국 N.TV와 합동 쇼 공연도
있을 예정이었다.

그동안 영진은 팝송의 본고장인 미국의 팝송 가수들과 그
리고 인기 DJ들과의 만남의 시간 또한 갖기로 했다.

영진은 여기에 그치지 않고 각종 팝가수들과의 녹화도 빼
놓을 수 없는 좋은 자료로 생각하고 만나는 인기 팀마다 녹화
도 하였다.

미국에서의 합동 쇼 장면은 우리나라에서도 물론 방영될
예정이어서 한층 신경을 많이 써야만 했다.

그런데 하루는 영진이 인기 팝가수 'M 잭슨'과 인터뷰 도중

약간 어지럽다는 생각이 들었다.

별것 아니라 생각하고 다음 날 합동 쇼까지 무사히 마쳤는데, 영진은 그만 그동안의 피로 누적에 쇼를 마치고 나오면서 쓰러지고 말았다.

영진의 공연 후 졸도는 당장 매스컴에서 떠들기 시작했다.

'인기 DJ 겸 MC 이영진 미국에서 합동 공연 후 졸도'라는 타이틀하에 연예계는 잠시 떠들썩했다.

그동안 영진으로서는 너무 많은 의욕을 부렸는데 특히 미국에서 더 부렸던 것 같다.

방송에 누구 못지않게 욕심이 많아 하나라도 더 미국에서, 세련된 선진문화의 모습들을 국내 팬들에게 전해 주기 위해서 밤잠까지 설쳐 가면서 뛴 것이, 체력의 한계를 넘어서 결국은 쓰러졌던 것이다.

그러나 함께 갔던 의료진의 도움으로 영진은 링거 투혼을 발휘하며 마지막 해외 공연을 마무리하고 당분간 건강 회복을 위해 활동을 중단할 필요가 있다는 진단을 받았다.

공연이 끝났다.

한 달간의 모든 해외 공연은 끝났으나 아직도 여전히 영진은 피로한 기색이었다. 하루를 미국에서 쉬고 모든 일행은 귀국길에 올랐다.

영진은 오랜 기간은 아니었으나 한국의 생활이 너무나 그리웠고, 힘든 가운데서도 영희 생각은 여전했다. 이런 마음은 당연히 건강 문제로 힘들어지다 보니 영희 생각에 더해 큰 향수병이 도진 것 같았다.

잠시 일정을 돌아보니 해외에서 자신의 모습이 얼마나 나약했는지, 사랑한다는 마음이 사람의 삶에 얼마나 큰 희망과 위로를 안겨 줄 수 있는지의 깨달음도 다시금 갖게 되었다.

자신이 탄 비행기가 일본 상공 옆을 지날 무렵 영진은 눈을 떴다.

가벼운 갈증을 느껴 주스 한 잔을 승무원에게 요청하였다.

스튜어디스가 주스 한 잔을 가져다가 주는데 영진은 무심결에 그녀의 얼굴을 보고 깜짝 놀랐다.

그녀는 이미 알고 있었다는 양 웃고 서 있었다.

아! 언제였던가.

고등학교 때 영진이 학교 갈 때면 항상 같은 시간에 버스를 같이 타던 그 여학생이, 하루는 우연하게도 오는 버스에서 만나서 영진은 용기를 내서 말을 걸어 보았지만, 오히려 호되게

혼만 나고 말았던 '선영'이라는 여학생이 있었다.

　그 뒤 어느 일요일 날 집 뒷산 공원에서 우연히 마주쳐 영진은 다시금 용기를 내서 말을 걸어 드디어는 사귀는 데 성공했던 그녀. 그때도 상당한 미녀로서 친구들이

　"야 너 여자 친구 기찬 것 데리고 다니더라."

　하며 놀려댈 때의 우쭐했던 그 시절.

　그러나 대학 재수와 함께 헤어지게 되어 그동안 못 만났던 '선영'이가 지금 스튜어디스라니?

　그때는 선영이가 일 년 후배였으므로 그녀의 장래희망인 도서관 사서가 될 거라며 항상 밝은 미소를 가졌던 선영인데……

　선영은 기내였으므로 오랜만의 만남도 길게 이야기할 수 없고 자신이 기회 되면 연락하기로 하고 헤어져야만 했다.

　영진은 어느덧 김포공항에 도착한 것을 느꼈다.

　많은 동료들이 마중 나와 있었다.

　그런데 영희의 모습이 보이질 않는 것 같았다.

　영진은 너무 야속하게 떠나 버린 자신의 행동이 너무 심했다는 생각이 들었다.

　영진의 도착 모습에 각 방송, 잡지 기자들은 건강에 대해 커

다란 관심을 갖고 몰려들었다.

그러나 영진은 얼마간 쉬어야만 했다.

그만큼 이번 공연이 활기차고 성공적이었지만 쉴 사이 없이 강행한 장거리 스케줄은 욕심 많은 영진의 건강을 잃게 만들었던 것이었다.

영진은 공항에서 간단한 환영식을 마치고 막 형님 차에 오르려는데 형님이 한마디 하셨다.

"앞차 좀 봐라."

영진은 깜짝 놀랐다. 형님 차 앞에 눈에 익은 차가 서 있는 것이었다.

영희의 하얀색 승용차였다.

영진은 차가 서 있는 곳으로 갔다. 영희는 아무 말 없이 차에 앉아 있었다. 영진은 형님에게 먼저 출발하라고 하고 자신은 앞차를 타고 가겠다고 했다. 형님은 벌써부터 영희가 와서 기다리고 있었다며 같이 집으로 오라고 했다.

영진은 아무 말 없이 영희의 옆자리에 앉았다.

영희도 아무 말 없이 영진을 바라보는데, 눈가엔 눈물이 고여 주르륵 흘러내린다.

순간 영진도 가슴이 미어지는 듯 뭐라 이야기해야 좋을지 몰랐다. 영희는 자신의 눈물을 감추려고 반대 방향으로 얼굴을 돌렸다.

잠시 침묵이 흐르더니 영희는 더 이상 참지 못하고 이내 영진의 품으로 파고들었다. 그리고 그녀는 흐느꼈다.

야속하고 냉정했다며 몸을 흔들고 엉엉 우는 것이었다.

영진은 가볍게 그녀의 어깨를 두드리며 '미안하게 되었다.'는 말과 함께 다시는 이런 일이 없을 것이라고 약속했다.

잠시 당돌하게 영희가 자신의 품속에 파고든 것이 오늘은 전혀 어색하지도 않았다. 영희는 영진의 품에서 벗어나서 영진의 얼굴을 바라봤다.

"몸은 괜찮아요?"

영진은 '괜찮다.'고 하며 빨리 공항을 벗어나자고 했다. 영희는 '그래요.' 하며 공항을 벗어났다.

"정말 이 선생님 아무 말 없이 떠나고 저는 얼마나 이 선생님을 야속하게 생각한 줄 아세요? 정말이지 다시는 안 보려고 했어요. 그런데 오늘 제가 왜 나왔죠?"

영희가 입을 삐죽했다.

영진은 영희의 그런 모습에 행복이란 것은 그저 화려하고 모든 것을 주는 것만이 아닌 작은 표정에서도 가슴 저려 오도록 행복감을 느낄 수 있다는 것을 깨달았다.

당장이라도 껴안고서 힘들 때마다 나도 영희를 생각하며 얼마나 어렵게 버텨 왔는지 마음이라도 열어 보여 주고 싶었다.

그러나 오늘은 '인내하는 사람이 더 아름답다.'는 누군가의 이야기가 생각나서 꾹 참으며 가고 있었다. 그리고 영진은 한마디 했다.

"이야기하고 떠나면 재미없잖아요. 그래서 좀 더 재미있게 그리고 스릴을 느끼게 하기 위해 이렇게 몰래 전화만 하고 다녀왔지……."

"겨우 몰래 다녀온 것이 몸은 그 꼴이에요?"

"내 몸이 어때서요?"

"뭐라구요? 최소한 한 달 이상은 쉬어야 한다고 하던데요?"

"누가 그런 소리를?"

"누군 누구예요? 의사들이죠."

"그걸 어떻게?"

"미국에선 입원까지 하고……. 제가 그곳에 친구들이 있어 영진 씨 일정을 하나하나 확인해 보았죠. 저도 한다면 하는 사람이라구요. 영진씨도 허튼짓하심 아시죠?"

하더니 웃어 버렸다.

영진은 정말 영희가 자신을 생각해 주는 깊은 관심을 알게 되면서 삶의 아름다움을 다시금 느끼고 있었다.

어느덧 여의도에 접어들었다. 역시 우리나라의 가을답게 노랗고 붉게 물든 단풍들이 한강의 푸른 물결과 어울려 막바지 멋진 가을 풍경을 뽐내고 있었다.

잠시 후 형님 집에 도착했다. 친지 친척들로부터 많은 전화가 오고 있었으며 집 안은 소란스러웠다. 영진이 막 현관문을 들어서려는데 조카들이 먼저 매달렸다. 형수님은 애들을 달랬다.

"삼촌이 피곤하니까 그만 매달려라."

그러나 막무가내로 삼촌이 엄마보다 좋은 듯 마냥 어리광이다. 이때 영희는 현관 앞에서 머뭇거렸다. 영진은 들어오라고 했다. 영희는 수줍은 듯 영진의 집으로 들어왔다.

현관엔 많은 신발들이 있었다. 영희는 움찔했다. 처음 방문치고 많은 친척들로 인해 그녀에게 부담을 안겨 주는 그런 분위기가 되고 말았다.

집에 들어서니 아버님, 어머님 그리고 누님 내외분 등 친척들이 영진의 소식을 듣고 집에 와 있었다. 영희는 영진의 뒤에서 포수에 놀란 토끼마냥 살살 뒤따라 들어왔다.

영희는 영진의 아버님, 어머님에게 먼저 인사를 했다. 아버님은 반가운 말씀으로 인사에 답했다.

"정말 이쁜 아가씨고 착하겠는걸!"

하시며 영희에 대해서

"이야기 많이 들었다."

고 하신다.

이때 옆에 계시던 어머님도 한 말씀하셨다.

"우리 막내 철이 없으니 철들게 좀 해 주구려. 거실에 여우 친척들이 많으니 얼른 영진이 방으로 들어가요."

라고 하셨다.

영진은 친척들에게 일일이 인사를 올리고 방으로 들어가려 하는데 '그 미스코리아 김영희 씨 인사 좀 시켜 달라.'며 안달들이었다.

영진은 순간 재치 있게 방송에 나와서 크게 인사 한번 드릴 테니 오늘은 좀 참아 달라고 하면서 영희 손을 잡고 방으로 들어갔다.

다음에 인사시켜 주기로 하고 거실을 겨우 벗어났으나 영진의 방에 들어가니 영희는 더욱 안절부절 어쩔 줄을 몰라 했다.

그녀가 아빠 말고 남자 방에 불쑥 들어온 것이 처음이기 때문이고 거실에 계시는 부모님 친척들이 단둘이 있다는 것을 어떻게 생각하실지 걱정이 되었던 것이었다.

영희의 이런 모습이 영진은 더욱 귀엽고 사랑스러워 보였다.

순간 영진이 영희를 안으려 하는데

"누가 들어오면 어쩌려구요."

하며 살짝 영진의 가슴을 밀어 냈다.

그러나 힘없이 미는 것으로 보아 영희도 안아 달라는 마음 같았다.

영진은 힘껏 영희를 안고 말없이 떠났던 해외 공연을 다시금 사과하고, 앞으로 더 열심히 영희의 파수꾼이 되겠다는 약속까지 했다.

영진과 영희는 가슴 설렘을 느끼며 잠시 침묵이 흘렀다. 그래도 영희는 불안해하던 터라 안았던 팔을 풀고 한마디 했다.

"정말 이렇게 저 당황스럽게 만드시려고 오늘 여길 데리고 오신 거예요? 전 정말 오늘처럼 당황해 본 적이 없다구요."

"나도 이렇게 큰 인사 자리가 될 줄은 몰랐어요."

영진도 미안해했다.

그동안 간단하게 해외 공연 중 있었던 일을 이야기하고, 그리고 내일쯤 병원에 입원해서 얼마간 쉬어야 할 것 같다고 했다.

집 안이 온통 잔치 분위기 같은 시간이 흐른 뒤 이윽고 친척들은 한둘씩 떠났다. 이제는 형님 내외와 아버님, 어머님 그리고 영진과 영희만 남았다.

영희도 이젠 집으로 가야 했다. 집에 전화해서 이 선생님과 같이 있다고는 했으나 그래도 너무 영진 씨 집에 오래 있으면 폐가 될까 봐서 집에 가겠다며 영진을 졸랐다. 영진은 그녀를 집에까지 바래다주려고 했으나 영희의 강한 만류로 집 앞에서 헤어지기로 했다.

늦가을 밤은 스산했지만 여전히 총총한 별들이 밝게 빛나고 있었다.

9

다음 날 영진은 병원에 입원하게 되었다.

최소한 보름간은 쉬어야 할 것 같다는 병원 측의 이야기였다.

영진은 아찔했다. 그러나 어찌하랴.

모든 것에서 잠시 쉬는 수밖에 없었다.

입원 준비를 마치고 영진은 드디어 난생처음 입원에 들어갔다.

첫 며칠은 이영진이 입원했다는 소식이 알려지지 않은 탓으로 방송에 관계되는 사람만 다녀갔다.

그러나 날이 지나면서 어디에서 그리 소식을 접했는지 친구들이며 팬들까지 병원에 몰려들어 할 수 없이 통제해야만 했다.

잡지사 기자들까지 몰려들어 더욱 혼잡했다.

영진은 병원에 도저히 더 있을 수 없어서 형님의 친구분 부모님이 운영하시는 조그만 종합병원으로 급하게 옮기기로 했다. 몇몇 방송 관계자 외에는 누구도 모르게 옮겼다.

영진은 영희에게 전화를 해서 자신이 병원을 옮기게 된 사연을 이야기해 주었다.

놀랍게도 다음 날 영희는 부모님과 함께 병원을 방문하였다. 병실에 들어서는 아버님은 품성이 온화하고 인자해 보이셨으며, 어머님 또한 영희가 누구를 닮아 이렇게 아름다운지를 금방 알 수 있었다.

영진이 어찌할 바를 모르고 놀란 상황에서 하필이면 이런 몸으로 있을 때 뵈어야 할까 영진은 잠시 당황했다.

영진의 옆에 있던 어머니께서도 또한 깜짝 놀라시는 것이었다.

영희는 지난번 영진의 집에서 인사드렸던 탓에 얼른 영진의 어머니께 공손히 인사를 드리고, 아빠 엄마를 소개하고 영진을 인사드리게 했다.

영진은 영희의 부모님께 인사를 하려고 일어나려고 했다. 그때 영희 아버지께서 '괜찮다.'고 하시면서 '누워 있으라.'고 하셨다.

영진은 몸을 반쯤 일으키고 인사를 했다.

"이런 모습으로 뵙게 되어서 정말 죄송합니다."

그리고는 멀뚱히 쳐다보고 계시는 자신의 어머니를 다시금 영희의 부모님께 정식으로 인사를 시켜 드렸다.

조금은 어색했던지 영진의 어머니가

"어여쁜 딸을 두셔서 참 행복하시겠습니다. 쟤는 막내로 자라서 그런지 고작 부모가 병간호나 하게 만드니 '잘 키운 딸 하나 열 아들 안 부럽다.'는 말이 정말 따님을 보다 보니 실감 난다."

하시며 영진에게 앞으로 더 잘하라며 툭 치셨다.

"물론 그런 이야기도 있지만요. 딸애 키우는 게 보통 신경 쓰이는 게 아닌 것 같아요. 오히려 남자애들같이 맘대로 고삐 풀어 내보낼 수도 없구요. 좌우간 훌륭한 아드님 두셔서 항상 즐거우시겠어요."

영희의 어머니도 그때 한마디 넌지시 하셨다.

처음 뵙는 분들이지만 왠지 많은 만남 속에서 정이 듬뿍 들어 버린 사이들 같았다. 영희는 영진에게 낮은 목소리로 이야기했다.

"거봐요. 저한테 해외 공연 가실 때 이야기라도 하셨으면 이런 벌 안 받았죠."

하며 영희가 입을 삐죽했다.

이때 영희 아버지가 이런 영희의 모습을 보시고 말씀하셨다.

"아직도 너 그 입 삐죽 버릇 못 버렸구나. 언제나 철이 들려는지……. 이제 곧 대학 졸업도 하고 선생님이 될 터인데……."

영희도 이때 한마디 했다.

"오늘 저 흉보시러 오신 것 같아요. 병문안이 아니라……."

말끝을 흐리는 그녀의 표정은 어느덧 불그레해졌다.

'귀엽다.', '아름답다.', '껴안아 주고픈 여자다.' 영진은 언제부터인지 자신의 마음에 가끔씩 그녀를 볼 때마다 이런 마음이 자꾸만 솟구쳐 오는 감정을 억누르는 것이 많이 힘들어지고 있었다.

이때 영희는 꽃병에 빨간색의 장미와 노란 국화를 꽂고 있었다.

이런 그녀의 모습이 더욱 영진의 눈과 마음을 깊은 사랑으로 만들어 가고 있었다.

서로 건강안부 인사를 더 나눈 뒤 '오늘 정말 이렇게 뵙게되어 반가웠다.'는 인사와 함께 영희 아버지와 어머니는 '그만가 보아야겠다.'며 나가실 준비를 하셨다. 영진에게

"몸조리 잘해서 빨리 쾌유해서 집으로 한번 와 주게나."

하고 말씀하셨다.

이때 제대로 대접도 못 함에 아쉬웠던지 영진의 어머니는

"좀 더 있다 가세요."

라고 하셨다.

그러나 영희의 아버님이 바쁘신지 나갈 준비를 서두르시며 시계를 보셨다. 영진과 영희도 헤어짐이 섭섭한 표정들이었다.

그런 눈치를 채셨는지 아버님께서 말씀하셨다.

"영희는 좀 더 있다 오렴. 우리는 오늘 만날 분들이 있단다. 고등학교 동창생 모임인데 부부 동반으로 오래서 나가야 하니 넌 좀 더 이야기하고 오려무나."

이때 영진 어머님도 맞장구를 쳐 주셨다.

"그래요. 제가 잠시 집에 좀 다녀올 일도 있고 해서 여기가 빌 것 같으니 아가씨가 같이 좀 있어 줘요."

영희의 부모님은 병원을 나오셨다.

"어머님은 인자하시고 영진은 제법 정감 가고 볼수록 매력이 있는 사람 같군요."

하며 영희 아버지가 이야기했다.

"그러니 우리 영희가 따를 만도 하지요. 그런 인기인치고 왠지 순박해 보이기도 하고 말 한마디 한마디가 정말 듣던 대로,

듣는 이로 하여금 신뢰감을 주는 것 같았어요. 저 같아도 영진
이란 사람 정도면 안 놓치고 잡겠어요."

"뭐요? 당신 오늘 한 번 보더니 영진이한테 쏙 빠졌구먼!"

"어머! 당신 질투하시나요?"

"사위 자식도 자식이라는데 질투는 무슨 질투요?"

"그럼 당신은 벌써, 처음 한 번 보고 사위 소리가 나와요?"

"뭐 안 될 거라도 있나? 둘이 좋아하면 되지."

"그래도 처음 보고 그런 게 어디 있어요? 요즈음 남자들은
저렇게 속이 없다니까요."

"그럼 당신은 영진이가 싫은가?"

"그건 아니구요."

"그럼 됐지. 그만합시다. 김치 국물 그만 마시자구요. 천천
히 생각해 봅시다. 이러다 모임 늦겠수."

병실엔 이제 영진과 영진 어머니 그리고 영희만이 덩그러
니 남았다.

영진 어머니가 이때 한마디 하셨다.

"아가씨는 지금 대학생이랬지?"

영희는 얌전하게 '4학년'이라고 했다.

"이제 얼마 후면 졸업하겠구먼. 졸업하면 뭐 할 텐가?"

영희는 좀 망설이다 대답했다.

"사범대학인지라 중고등학교 선생을 하고 싶습니다."

"좋지. 아가씨 같은 사람이면 너 나 할 것 없이 연예계로 뛰어들 텐데…… 선생님이라……. 정말 학생들에게 좋은 선생님이 되겠구먼."

영진은 어머니와 영희가 이야기하는 모습을 물끄러미 바라보고 있었다.

"나도 이 막내 놈 DJ인지 뭔지 방송국에 보내 놓고 얼마나 가슴 조였는지 알아요? 매일 집에 늦게 들어오고 그리고 이곳저곳에서 전화는 오지. 정말 얼마간은 정신 못 차리겠더니 이제는 좀 많이 익숙해졌지. 얼마 전 형님 집에서 나오겠다고 해서 집까지 마련 중이라는데 이제는 홀아비 신세도 면해야 될 거고……. 글쎄……. 어휴! 내 정신 좀 봐. 영감 집에 혼자 놔두고 이러고 있으니……. 그동안 같이 좀 있어 줘요. 그렇잖아도 아가씨 이야기를 많이 하던데 잘된 것 같구려. 얘야, 집에 좀 다녀오마. 아마 저녁땐 형하고 꼬마들하고 들린다고 하더라. 그럼 이야기 많이 해요."

하시고는 서둘러 일어나셨다.

"다녀오세요."

영희가 병원 문까지 배웅하고 들어오는데 간호사들이 가볍

게 아는 체를 했다. 영희는 그들과 지체하다가는 많은 시간을
빼앗길 것 같아서 가볍게 인사만 하고 영진이 있는 병실로 들
어왔다.

지금 다시 보니 영진이 왠지 처음 볼 때보다 더욱 수척해 보
였다.

영진은 영희를 가볍게 응시하고 가까이 오라고 했다. 영희
는 침대 옆에 의자를 갖다 놓고 앉았다.

영진은 가볍게 영희를 응시하더니 무슨 이야기를 하려다
그만 말없이 창문 밖을 바라봤다.

영희가 보채듯

"무슨 이야기죠?"

하며 침대 쪽으로 더욱 다가앉았다.

영진은 가볍게 몸을 영희 쪽으로 돌리더니 갑자기 영희의
한 손을 살며시 잡았다.

영희는 어떻게 해야 할지 몰라 얼굴이 금방 빨개지더니 밑
으로 눈을 감아 버렸다.

지난번 귀국 때 한 번 안겨 보기는 했지만, 이 순간 손 한 번
잡히는 것이 이토록 자신을 두근거리게 할 줄은 몰랐는데, 왠
지 영진에게 손을 잡히는 순간 영희는 다시금 자신의 심장이

마구 뜀박질하는 것을 느꼈다.

영희는 지금 이 순간 어찌해야 할지 더욱 혼란스러워 하는데 영진의 할 말 있어 하는 모습은 더 큰 가슴을 떨리게 했다.

"영희 씨, 언제부터인가 내 마음에 사랑이라는 희망이 보이길 시작했답니다. 영희 씨의 모든 모습들이 제 마음을 많이 차지하고 있다는 것이죠."

잠시 후 영희도 작은 소리로 한마디 보탰다.

"저도 아마 매일 이 선생님 생각 안 하면 일이 안 잡히고 불안한 걸요……."

둘은 오랜만에 가볍게 웃었다.

역시 오늘도 영진은 어제의 아팠던 사연을 털어놓지 못했다.

영희가 말했다.

"두 주 후면 축제가 시작되는데 영희 과부 만들려고 이렇게 있느냐."

며 영진에게 혀를 낼름 한다.

"아마 언젠가 그 혀만큼 잘려서 '내 혀, 내 혀.' 할 걸?"

"걱정 마셔유."

"그 영희 씨 축제 때는 병원에서 도망이라도 쳐서 가 볼 테니. 내 사랑하는 사람 과부야 만들 수 있나."

"과부가 뭐예요? 요즈음 이름 있는 사람의 아내가 홀로되면

'미망인'이라고 하던데……."

"미망인? 아휴 너무 늙어 보여요. 그냥 과부가 적격이겠어요."

이때 전화벨이 울렸다.

영진은 웬 전화인지 약간 의아해했다.

여기 전화번호를 알고 있는 사람은 가족뿐인데? 누가 이곳에 전화를? 수화기를 든 영진은 잠시 머뭇거리다 전화를 받았다.

약간 가라앉은 듯한 여자의 목소리다. 그 소리는 분명 진숙의 목소리임이 분명했다.

"어떻게 여기를?"

"그동안 각종 보도를 통해서 몸이 편찮으시다는 소리 들었어요. 쉽게 찾아갈 수는 없었구요. 오늘 어머님한테 연락해서 거기 전화번호를 얻어서 연락드리는 거예요."

"오랜만이군요. 요즈음 어디 사세요?"

"요즈음 안양에 살아요."

"애들은 제법 커서 이제 귀엽겠습니다. 엄마 닮았으면 제법 곱상하겠습니다."

영진은 그 뒷말을 뭐라 해야 할지 몰랐다. 영희는 영진의 이 대화에 눈만 말뚱말뚱 쳐다볼 뿐 아무 이야기가 없었다.

진숙은 한번 찾아뵙고 싶다고 했다.

너무 매정하게 떠나갔던 사람, 그때 영진의 모든 것을 빼앗아 갔던 여인이 아니었던가.

"부군하고 같이 한번 오세요."

이렇게 대답하고 영진은 왜 자신이 이렇게 쉽게 그녀를 받아들인 것인지 스스로 납득이 되지 않은 것 같았다.

"그럼 기회 될 때 한번 찾아뵙죠."

"예. 안녕히 몸조심해요."

"예. 몸조리 잘하세요."

영진은 창문을 바라보며 수화기를 놓았다.

좀 어지럽다고 영희에게 물 한 컵을 달라고 하고 영진은 이내 침대에 누워 버렸다.

냉수 한 컵을 먹고 나니 훨씬 가뿐해졌다.

영희는 무슨 전화냐고 물어보려다 영진이 너무 피곤한 것 같아서 그만 소파에 앉아 버렸다.

영진은 영희의 얼굴을 물끄러미 바라보았다.

영희는 영진의 모습이 더욱 이상하게 느껴져 궁금하던 조금 전의 전화를 물어보았다.

영진은 잠시 말이 없더니 영희에게 가까이 오라고 했다. 영희는 영진의 침대 의자에 가깝게 다가가 그의 얼굴 옆에 앉았다.

영진은 조용히 생각하는듯하더니 이야기를 털어놓았다.

"왜 제가 한동안 TV나 잡지 등에 얼굴을 내밀지 않는 방송인이 됐는지 영희 씨도 궁금해했던 적이 있었죠? 아마 지금도 그럴 거구요."

영진은 모든 걸 체념한 듯 조곤조곤 이야기하기 시작했다.

"저에게는 두 번 헤어짐의 아픔이 있었답니다. 한 번은 미국에서 귀국할 때 비행기 안에서 만났던 친구고, 두 번째는 조금 전 전화했던 국민학교 동창인데 사람 만나는 것에 두려움을 심어 준 친구죠."

체념하듯이 말을 하고 난 후, 영진은 다소 영희로부터 덜 미안함을 느끼며 느리게 말을 이어 갔다.

"물론 아직 나의 가슴 아픈 사실을 깊이 아는 사람은 한 명도 없어요. 지난날 한동안의 삶 속에서 그녀와 순수한 정을 쌓아 가던 생활을 하던 나는, 그만 어느 날 그녀의 갑작스런 결혼으로 나의 모든 생활은 속절없이 뒤틀려 버려 리듬마저 잃고, 방황의 길로 들어가게 된 겁니다. 동창생이었던 그 여자 때문에 말이죠."

"국민학교 동창생인 그녀를 본격적으로 만나게 된 것은, 군 입대 전 초겨울 동창 친구의 소개 아닌 소개였죠."

"제 고향이 시골인지라 저는 국민학교 5학년 때 서울로 전학을 하였고 자연스럽게 시골 친구들과 헤어지게 되었는데, 그 후 서울로 올라온 친구들이 많아지면서 동창들이 다시 만나게 되었죠."

"다시 만나게 된 그녀에 대한 국민학교 때의 기억은 하나도 없었지만, 차츰 친해지면서 고향이라는 막연한 향수에 젖어들기도 하면서, 주위에서 부러워 할 정도로 가까워진 사이가 되었습니다."

"군 입대 후에도 많은 편지가 오갔고 휴가 때면 만나 듬뿍 정도 쌓았는데, 어느 날 급하게 면회를 오겠다며 왔을 때 그만 제가 근처 부대에 있었던 친구를 불러 반가움에 술을 많이 마시다 보니, 그녀는 자기가 면회 와서 하고 싶었던 이야기를 하나도 못 하고 돌아가게 되었습니다."

"그때가 그녀와의 마지막일 줄이야 누가 알았겠니까? 그녀는 저를 면회 오고 보름 만에 결혼식을 올렸답니다. 이 일도 전혀 모른 저는 휴가 나와서야 그 소식을 알게 되었고 뭐라고 할까요, 충격 속에서 세상이 이렇게도 참 허무할 수 있는가 하는 것을 뼈저리게 처음 느꼈어요."

"물론 그때부터 정신적인 인고의 시간이 시작된 것이고요."

"지금 생각하면 별것 아닌 일로 치부할 수 있겠으나 그때의 시간은 나에겐 엄청난 절망의 시간이었고 그 속에서 헤어나지 못했던 것 같습니다."

"얼마 동안 비애와 패배감과 그리고 상실감, 의욕 저하……, 사람에 대한 실망감, 배신감으로 인해 우울증과 대인 기피 현상까지 뭐 좋지 않은 것은 모두 갖게 되었답니다."

"그런데 결혼 후에도 그녀는 끈질기게 서로의 연락을 이으려고 했다는데, 저는 누가 잘하고 잘못했음을 떠나 이 만남을 의도적으로 피하게 되었고, 이렇게 되다 보니 저는 의식적으로 대인 관계와 주위 관리에 있어 모든 것을 숨기게 되었답니다."

"이런 이유로 결국엔 텔레비전이나 신문 잡지 등에 얼굴을 내밀게 되시 않게도 되었구요."

"제 이름도 사실 본명은 '영석'이며, 족보 항렬자가 '석'이라 어려서부터 '영석'이라고 많이들 불렸습니다. 어떻든 '영석'이라는 이름을 의식적으로 감춘 것도 제 생활을 많이 정리하고 변화시키기 위한 발버둥일 수도 있었습니다."

"……."

영희는 이런 영진의 이야기에 어딘가가 내려앉은 것 같은 느낌을 받았으나, 솔직하게 지난 과거를 털어놓는 영진의 진솔한 모습을 바라보면서, 우리 앞날이 부정적인 측면보다 긍정적인 면이 더 많을 거라는 생각을 해 봤다. 오히려 희망도 옅게 보이는 듯했다.

잠시 말이 없던 영희가 조금도 흐트러짐 없이 절제된 어투로 말을 했다.

"지난 일에 연연할 필요가 있을까요? 그럼 앞으로 각종 매스컴 출연들은 또 어떻게 하실 계획이세요?"

영진도 차분하게 들어주고 이야기해 주는 영희를 바라보면서 용기를 내고 한마디 했다.

"저도 이젠 지난 일에 연연하지는 않을 거예요. 앞으로가 중요하니까요. 그래서 건강이 허락하는 범위 내에서 어디에서나 볼 수 있는 인기인의 평범한 모습을 보여 주고 싶어요."

"호화스런 호텔의 레스토랑보다 정감 있는 젓가락 행진곡의 포장마차로, 악어가죽으로 허리를 묶어 다니는 것보다 쌈박한 가죽 띠 하나로 만족하는, 평범한 하나의 서민으로 살아가는 모습을 보여 주고 싶어요."

영진은 창밖의 서울 시내 모습을 바라보았다.

"내일부터는 오후, 아니 저녁 프로는 한 편 했으면 하는데 어떨지……."

"좀 쉬실 때 푹 좀 쉬세요. 괜스레 더 몸 악화되어 영희 과부 만들려 하지 말고요."

영진은 잠시 자기 귀를 의심하다가 갑자기 환한 웃음을 웃었다. 그리고 영희의 손을 꽉! 잡으며 확신에 찬 듯한 말을 던졌다.

"영희! 사랑해! 아! 오늘 '이영진' 아닌 '이영석'이가 세상에 다시 태어난 기분이에요!"

이때 담당 의사가 들어왔다.

영희의 모습을 힐끗 보더니 자신의 눈을 의심하는 듯 다시금 봤다.

"아니, 미스코리아 김영희 씨 아니세요? 여기서 이렇게 뵈니 더욱 미인이신데요? 영진 씨 정말 부러울 것이 없는 분 같습니다. 이렇게 미녀가 옆에서 간호하니까요. 오늘 기분은 좀 어떠세요? 물론 좋으시겠지요?"

"예, 그런데요. 모레부터는 심야 프로인 〈10시의 희망음악〉은 제가 직접 뛰고 싶은데요. 어떻습니까? 이제는 몸이 훨씬 가뿐해졌는데요."

"그렇게 하시죠. 오히려 이렇게 쉬는 것이 바쁘게 움직이던 분들에게는 더 큰 부작용을 유발시킬 수 있으니 내일부터 하시구요. 단, 퇴원은 안 되구요. 프로가 끝나시면 곧바로 병실

로 오세요. 며칠만이라도 더 입원하면서 정밀검사 한두 가지
더 해 보고 퇴원하기로 합시다."

영진은 방송국으로 전화 다이얼을 돌렸다.

"예, M방송국입니다."

"예, R편성국 좀 부탁합니다."

"어머! 이 선생님 아니세요? 좀 어떠세요?"

"미스 정인가? 응, 모레부터 볼 수 있을 거야."

"어머, 반가워라. 커피 사 주세요."

"네, 그래요."

"잠깐 기다리세요. R편성국 바꿔 드릴게요."

이렇게 하여 영진은 다시금 방송 진행을 하게 되었다.

영희는 졸업 논문 등 학교 일의 마무리 작업과 각종 CF 촬
영 등으로 영진과 쉽게 만나진 못하지만 전화를 통해서 서로
의 뜨거운 마음을 나누고 있었다. 그리고 틈만 나면 짧은 사연
이라도 편지를 통해 마음을 전하기도 했다.

드디어 연예부 기자들이 떠들기 시작했다. 어쩌면 좀 늦은
감도 있으나 그들은 '남성 새침이 이영진과, 미스코리아 여성
새침이 김영희가 전격 결혼 선언할 것 같다.'는 메가톤급 기사

를 다루기 시작했다.

영진은 어디에서부터 이 불붙은 기사를 꺼야 할지 몰랐다. 특히 영희는 2년 여간 미스코리아 활동 의무기간이 있고, 각 행사에서의 영진과의 연애 기사는 엄청난 파장을 불러올 게 뻔한 일이었다.

영진과 영희는 서로가 활동하는 자리에서 꿋꿋하게 버텨 보자며, 서로를 위로하면서 생활해 가고 있었다. 굳이 서로의 연애 감정을 속이지 않고 기자들에게 설명했다. 영희 또한 적극적으로 기자들의 각종 질문에 정신 못 차릴 정도였으나, 이미 자신이 겪어야 할 길이라 생각하고 조금도 흐트러짐 없이 자신의 일에 열중하였다.

이렇게 되고 보니 연예부 기자들도 오히려 제풀에 꺾인 듯 사건을 파헤치는 것보다도 둘의 장래가 잘되기를 바라는 방향으로 기사가 급속도로 바뀌어 가고 있었다.

10

어느덧 겨울이 왔다.

영진도 이젠 몸이 완쾌되어 원래의 활동으로 돌아왔다. 다만, TV 프로는 〈젊음의 열차〉만 이미숙 양과 함께 다시금 MC로 진행을 맡게 되었다. 대학원도 한 학기가 남았다.

영희는 요즈음 교사양성 과정 중 일정 기간 학교 현장교사의 지도 아래 교사 역할을 체험하는 교생 실습까지 겹쳐 더욱 바쁜 시간을 보내고 있었다. 영진도 독립하여 임시로 영동아파트에서 생활하게 되었다. 가끔씩 어머님과 아버님이 다녀가실 뿐 혼자 사는 싱글남이 되어 있었다.

겨울이 온 것 같았는데 정말 첫눈이 왔다. 영진은 방송국에 앉아서 창밖으로 첫눈을 보려는데 전화가 왔다.

"저 영희인데요. 첫눈이에요! 지금 시간 있어요? 저 지금 광

화문에 나왔거든요. 제 차로 갈게요. 지금 방송국 앞에 나와
계세요."

마침 점심시간이고 해서 영진은 밖으로 나갔다. 제법 눈발
이 굵어지는 것 같았다. 잠시 후 클랙슨 소리가 들리고 활짝
웃는 영희의 모습이 눈에 들어왔다. 영진은 차에 올랐다. 그리
곤 궁금해서 물었다.

"점심시간인데 웬일로 이곳에 다 오셨어요? 어디로 갈까요?"

"오늘 마침 시간이 나던데요. 그래서 친구들하고 책 좀 사러
나왔다가 눈을 보고 이리 달려왔죠."

"그럼 여의도 쪽으로 가죠."

"아니 좀 더 한적한 곳으로……. 갈현동 지나 벽제 쪽으로
가죠. 송추 쪽이요."

"그래요. 조용한 곳 아무 데나 갑시다."

영희의 차가 제법 눈길을 시원하게 달렸다.

"운전 솜씨 제법인데요?"

"어때요? 이 선생님보다 나은 것 같지 않아요?"

"그래도 조심해야죠. 눈길은 처음일 테니……."

"염려 없어요. 이젠 자칭 모범 운전자라구요."

영진과 영희는 서울을 벗어나 송추 쪽에서 점심을 먹고 다
시 서울로 향했다.

"이 선생님 이번 주 일요일 집에 한번 오시죠. 영미가 무척 선생님 보고 싶다고 하던데요. 영미도 며칠 후면 시험이잖아요. 어때요?"

"그런데, 이번 주 말고 다음 주에 가죠. 이번 주는 전주에서 〈팝 디스크〉 공개 방송이 있다고 잠깐 좀 와 달라고 하니까요. 영미 시험도 끝나는 그다음 주에 가기로 하지요."

"그래요. 그리고 아파트 이사 계획 있으시다죠?"

"음, 그렇잖아도 아파트 옮기려던 참이에요. 영동 쪽에서 잠실 쪽으로……. 그럼 근처 자그마한 아파트나 한번 알아봐 줄래요?"

"그래요. 어머, 다 왔네요. 그럼 첫눈 잘 맞이하세요. 연락할게요."

영진은 다시금 방송국으로 들어왔다. 잠시 후 공개 녹화될 〈젊음의 열차〉에 출연하려고 준비가 부산했다.

어느덧 주말이다. 그러나 영진은 〈젊음의 열차〉 녹화와 내일 있을 〈팝 디스크〉 공개 방송 준비로 더욱 바빴다. 〈젊음의 열차〉 녹화 전 영진은 내일 분 〈10시의 희망음악〉 방송을 미리 녹음해 두고, 내려간 김에 전주에서 하루를 보내려고 했다.

라디오 방송이 끝나고 집에 오니 어머님과 아버님이 와 계셨다. 늦은 시간까지 안 주무시고 거실에 앉아서 뭔가 열심히 이야기하고 계셨다.

"이제 오니?"

"연락도 없이 웬일이세요?"

"얘, 너 혼자 사는 것이 애처로워 이래 왔다."

"그럼 여기서 며칠 계세요."

"이제 우리 영석이가 몇 살이냐?"

"왜 또 새삼스럽게 그러세요."

"결혼할 나이가 좀 지난 것 같구나. 그 아가씨와는 잘되니? 너무 예뻐서……. 글쎄다."

"요즈음 서로 바빠서 좀 뜸하네요."

"너 아파트 옮기겠다면서?"

"예, 이곳은 영희 집과 좀 멀구요. 해서 잠실 쪽으로 가려고 해요."

"그쪽을 알아봤니?"

"예, 부탁해 놓았으니까 곧 연락 있을 거예요."

"그래. 내일은 바쁘냐? 바쁘지 않으면 우리 다들 모여 우리 영석이 결혼 이야기 좀 하자."

"내일요? 내일은 전주 공개 방송 때문에 좀 내려가 봐야 되는데요. 다음에 시간 내서 상의 드릴게요. 며칠 여기 계세요.

제가 형님한테 연락드려 놓을게요."

"그래라."

"주무세요. 저도 아침 일찍 내려가야 하니까요. 좀 자야겠어요."

"응. 잘 자라."

"예. 안녕히 주무세요."

영진은 늦게 잠자리에 들었다.

몇 시간 잠을 자지 못하고 아침 일찍 전주로 향했다.

달리는 고속도로에서 차창 밖을 보다 보니 시골 풍경의 여유로움이 마음에 또 다른 힐링을 주고 있었다. 주말이라 전주까지는 제법 시간이 걸렸다. 오후 2시부터 진행되는 공개 방송에 맞추기 위해 빨리 가야 했다.

전주에 도착해서 관계자들과 이야기를 나누고 방송 원고를 들고 오픈스튜디오로 들어갔다. 공개홀은 벌써부터 앉을 자리가 없었고, 밖에 들어가지 못하고 서 있는 사람도 제법 많았다.

영진이 들어가는데 벌써부터 몇몇 팬들이 야단이었다. 꽃다발, 사인 공세로 잠시 오픈 스튜디오가 소란스럽기도 했으나 방송을 진행한다는 시그널 음악이 나가자 다들 조용해졌다.

방송국 창립기념일로 해서 약 한 시간 정도 〈팝디스크〉 방송을 공개홀에 오픈스튜디오를 만들어 방청객과 함께 진행하는 공개 방송을 마련한 것이었다.

영진은 준비된 스크립트에 맞추어 오픈스튜디오 창립 특집 방송을 무사히 끝냈다. 방송 후 오픈스튜디오에서 〈팝디스크〉 방송을 좀 더 진행해 달라는 팬들의 요청으로 다소 시끄럽기도 했다. 그러나 방송국의 사정상 다음 프로로 인해 끝낼 수밖에 없었다. 프로가 끝나고 나니 3시 30분이 되었다. 영진은 관계자들과 인사를 하고 오랜만에 어린 시절 살았던 고향 마을에 가고 싶었다.

그곳엔 아직도 사촌 누님 댁과 친구 종주가 살고 있어 내려온 김에 만나고 싶어 급히 누나 집으로 전화를 드리고 어릴 때 살았던 마을로 향했다.

마을로 가는 신작로도 이제 포장이 되어 많이 변해 있지만 어려서의 짓궂은 기억들이 잠시 웃음을 나오게 했다. 마을 입구로 처음 버스가 들어오는 날 도로에 웅덩이를 파 놓고 나뭇가지를 덮어 버스 진입에 애를 먹는 모습을 즐기기 위해 산에서 내려보다가, 어르신들께 들켜 엄청나게 혼났던 생각이 났기 때문이다. 버스를 못 다니게 하려는 게 아니고 그저 골탕 먹이는 모습을 즐기려고 하다가 그 난리가 난 것이었다.

전주에서 멀지 않은 곳이라 약간 어둑해질 시간에 고향 마을에 도착했다. 영진의 기억에 남아 있던 옛날의 고향과는 완전히 다른 모습이고 작은 골목길 정도만 기억이 나는 정도다. 우선 집들의 모양도 도시 부럽지 않게 변해 있었고 사람들도 많이 이사를 하여 동네 모습이 조금은 어색해 보였다.

영진은 우선 사촌 누나 집에 들려 여장을 풀기로 했다. 막 집에 들어서려는데 이종사촌 누나의 모습이 눈에 들어왔다. '이제 제법 늙으셨구나…….' 그때 누나가 영진의 모습을 발견하고는 소스라치듯 놀라며 뛰어나왔다.

"얘는 그동안 소식이 뜸했는데 웬일이냐? 응? 그래, 너 요즈음 TV를 통해 보는데 인기 만점이더라. 그래, 시간이 좀 있어 내려왔니?"

"예. 오늘 이곳 공개 방송에 왔다가 들렀어요."

그때 방문이 열리며 자형 되시는 분이 뛰어나왔다.

"영진이가 왔다고? 야! 오랜만이구나."

"예. 그동안 평안하시구요?"

"나야 뭐 있나. 농사짓고 애들 가르치는 것이 전부지, 뭐. 그래. 요즈음 바쁘지?"

"애들은 안 보이는데요?"

"응. 교회들 갔지. 뭐 오늘 서울에서 연예인들이 와서 간증한대나……."

"그래요?"

"있잖아. 자네 방송국의 코미디언 유성용 씨, 그분 왔는데 조금 있으면 시작하겠구나."

"어떻게 여기서들 마주치죠? 누님도 가셔야죠?"

"그래. 마침 잘됐다. 같이 가자."

영진은 옛날 주일 학교 생각이 났다.

비가 오는 날 하루는 교회 안 가고 동네 형들과 가게에 가서 군것질하느라고 주일 학교 빠지고는 그날 종일 집에서 어머니한테 혼났던 일이 생각났다.

"그래. 친구들은 만났나?"

"아니요. 지금 막 오는 길이에요."

"뭐, 다들 서울로 가고 이곳엔 아마…. 응, 종주가 있구나. 글쎄 걔도 요즈음 장가가려고 하는데 힘들다더구나. 요즈음 색시들이 시골로 오려고 안 해서 골치 아프다더구나. 그래. 같이 가자."

영진은 옛날의 그 모습의 교회는 아니지만 새로 예쁘게 지어진 교회로 갔다.

이곳엔 영진까지 왔다는 소문에 온 교회가 축제 분위기였다. 영진이 막 교회로 들어가려는데 언제 왔는지 유 코미디언이 와서 인사를 한다.

"이거 이 형 웬일이오?"

"그거야 내가 묻고 싶은 거요."

"주말 시간이 되면 이렇게 시골 교회로 돌면서 집회를 한답니다."

"좋은 일 하고 계시군요. 예. 저는 오늘 전주에서 공개 방송하고 제 고향에 들렀죠."

"이곳이 고향이세요?"

"그래요. 그럼 이따가 다시 뵙죠."

그때 종주가 왔다.

"어, 자네 웬일인가?"

"응, 그래. 그동안 잘 있었나?"

"나야 뭐 농사짓고 잘 있지. 뭐, 자네 요즈음 재미 좋다며? 미스코리아하고 결혼설도 있고……."

"그거야 뭐……. 그래. 자네도 결혼해야지?"

"뭐, 그게 쉽나. 이런 우라질. 처녀들이 시골에 오려고 해야지. 그래서 나도 잠시 도시로 갔다가 여자 하나 차고 내려오는 수밖에 없을 것 같네."

이때 집회 시작을 알리는 반주가 시작되었다. 집회는 역시 코미디언의 간증이라 배꼽 잡아 가면서 잘 마쳤다. 유 코미디언은 재치 있게 이영진 씨 방문도 알려 주면서 이곳 마을에서 정말 멋있는 방송 진행자가 나왔다며 칭찬도 아끼지 않았다.

"유 형, 다음 언제 〈10시의 희망음악〉 초대석에 나와서 사람 사는 이야기 한번 하십시다."

"뭐, 이걸 가지구요."

"그래. 잠들은 어디서 주무시나요?"

"늦어도 올라가야죠. 다행히 수십 년간의 통행금지를 얼마 전 해제가 되어서 늦은 밤에도 이동이 가능하니 그게 좋아요."

"그럼 지금 올라가시게요? 저는 내일 올라가요. 그럼 서울에서 뵈어야겠네요."

"그래요."

교회를 나와서 잠시 걸어가는데 많은 마을 사람들이 주위를 감싸고 영진에게 미스코리아와 결혼설 및 방송 진행 중 재미있는 사연 등 여러 가지 내용들을 물어오고 사인해 달라는 꼬마들과 어우러져 한동안 영진은 진땀을 뺐다.

영진은 종주와 함께 그날 밤을 거의 꼬박 새우다시피 하고 아침을 종주 집에서 먹고 서울로 향했다.

시간이 있으면 4학년까지 영진이 다녔던 국민학교에 잠시 들리려 했으나 서울에서 녹화가 있다고 해서 올라가야 했다. 아쉽게 고향을 떠나게 됐는데 다음에 시간 좀 내서 다시 들린다고 하고 영진은 아쉬운 이별을 했다.

　서울에 도착하니 12시쯤 되었다.
　영진은 방송국에 들려 그날 출연하게 될 프로를 확인하고 녹화 현장으로 갔다. 녹화는 다름 아닌 〈젊음의 열차〉 오락프로 녹화였다.
　녹화가 끝나고 영진은 영희에게 전화를 했다. 마침 영희는 집에서 오랜만에 쉬고 있었다. 영진은 '잘 다녀왔다고.' 하고 아파트를 물어보니 '이곳에 마침 적당한 물건이 있어 언제든지 이사해도 되겠다.'고 했다.
　영진은 전화를 끊고 오늘 진행할 〈10시의 희망음악〉을 준비했다. 오늘은 좀 더 고향의 정취를 주제로 진행하고, 그 고향은 언제가도 따뜻한 곳이며, 마음속 깊이 추억을 간직한 그립고 정든 곳이라는 내용을 이야기하면서 정겨운 시간을 이어가고 있었다. 그래서 초대 손님도 요즈음 한창 고향 찾아주기 운동에 여념이 없는 H클럽 회원들을 급히 전화를 통해 모셔보았다.

프로가 진행되는 동안 오늘 프로 내용이 한결 신선한 것 같은 기분이 들곤 했다. 좌우간 머리 아프고 골치 아플 때에는 고향 한 번 찾아가면 머리도 맑아지고 저절로 살맛 나는 힘이 날 거라는 고향예찬을 오늘 열심히 설명하며 방송을 진행하고 있었다. 정말 고향이 주는 진정한 향수를 마음껏 느끼는 날이었다.

"고향으로 갑시다. 고향은 언제나 당신을 품에 안아 줄 것입니다."

라고 하며 오늘 영진은 고향을 신나게 떠들었다.

다음 날 날짜를 보니 모레가 영미 시험 날이었다.

영진은 전화를 해서 영미에게 '시험 잘 치르라.'고 하고 시험 잘 보고 나면 한 턱 내겠다고 약속까지 했다.

11

이럭저럭 한 주일이 또 흘렀다.

일요일이 되어 영희 집에 들르고 아파트도 볼 겸해서 잠실로 향했다. 정장을 하고 6시쯤 방송국에서 나와서 잠실로 향했다. 오는 길에 상가에 들러 영희 어머님이 좋아하시는 꽃바구니와 과일 하나씩 준비해서 영희 집에 도착하니 저녁 7시쯤 되었다.

아파트 앞에 영희가 나와 있었다. 아파트를 들어가려는데 경비 아저씨가 다급히 말을 걸었다.

"어! 이영진 씨 아니세요? 아휴, 우리 늦둥이 딸애가 이 선생님 엄청 좋아하는 팬입니다. 어렵게 만난 김에 여기 노트에 사인 하나 해 주시면, 아마 이 아빠 엄청난 점수도 따고 딸아이도 기분 좋아 대학에 들어가 효도도 엄청 잘할 것 같습니다. 꼭 좀 부탁드립니다."

영진은 경비 아저씨가 내민 노트에 딸아이 이름인 '재은이에게'라고 적고 원하는 대학 합격을 기원한다고 적어 주고 멋진 사인도 해 주었다.

경비 아저씨의 고마운 인사를 받으며 엘리베이터로 향했다. 엘리베이터를 타는데 그를 알아보는 사람들이 인사를 하며 꼬마들도 사인을 요구하며 안달이었다.

그래도 이제 이곳을 오가면서 자주 뵐 수 있는 분들이고 아이들인지라 일일이 사인도 해 주고 나서야 영진은 영희 집에 들어갈 수 있었다.

영희의 아버님과 어머님이 그리고 영미까지 현관까지 나와 영진을 반겼다. 사위라도 맞이하듯 반기는 것이었다. 영진은 꽃바구니와 과일바구니를 어머님께 드리니

"역시 영진 씨는 멋을 아는 남자야."

라며 칭찬해 주셨다.

순간 영희 엄마는 영희 아빠를 힐끗 바라보시고는

"정말 당신은 언제 꽃을 한 번 사 들고 온 적이 있었어요?"

라고 한마디 하셨다.

영희 아버지와 영진은 조금은 멋쩍었지만 분위기를 바꾸기 위해 영진은 얼른 '코트를 벗어도 되겠느냐.'고 말하면서 코트

를 벗어 영희에게 주고, 부모님께 큰절을 올리겠다며 두 분을 '자리에 앉으시라.' 하고 무조건 큰절부터 올리는 것이었다.

두 분도 순간 당황했지만 언제가 될지 몰라도 큰 사윗감을 보는 것 같은 기분에 웃으며 화답을 했다.

"그래. 요즘 바쁜데 건강은 어떤가?"

하며 아버님이 물으셨다.

영진은 바로 대답했다.

"예, 이제 좋은 편입니다."

"몸조심해야지. 뭐니 뭐니 해도 건강이 최고니까. 여보! 저녁 준비되었소?"

"어휴, 내 정신 좀 봐. 저녁 안 먹었지?"

하며 어머님이 영희랑 영진을 보며 묻는다.

"녹화 끝나고 스텝들과 간단히 저녁은 먹었습니다."

영진이 대답했다.

어머님의 모습은 섭섭함이 역력했다.

"왜, 저녁은 우리 집에서 같이하지……."

그리고 영진은 영미를 보고 물었다.

"시험 잘 봤는지 모르겠네……."

영미는 그냥 그렇게 봤다고 했다. 옆에 있던 어머님이 한마디 거드셨다.

"덤벙이 영미가 걱정이야."

영미는 곧바로 말을 받았다.

"속 끓게 하는 영미가 있어 집 안이 그래도 사람 사는 모습이잖아요?"

뾰로통한 표정으로 눈을 흘겼다.

그러면서 영진에게 돌려 말했다.

"이 선생님 시험 끝나고 보시자고 했죠? 기대가 커요."

"얘가 이렇게……."

어머니의 한마디에 영미는 조용히 있을 수밖에 없었다.

모처럼 집 안 분위기가 다시 살아나는 기분이었다.

특히 영진의 건강 회복은 무엇보다도 반가운 소식이고 영희에게는 바람의 응답이 이루어진 것 같았다. 기분이 좋을 때면 약주 한잔씩 하시는 아버지는 오늘도 기분이 좋으신지 가볍게 와인이라도 한잔하자며 분위기를 잡으셨다.

어머니와 영희는 이미 영진이 오겠다고 하여 준비 했던 음식들을 식사와 안주 겸 내놓기로 하고 영미는 와인 잔을 꺼내서 최대한 분위기 나는 술자리를 만들었다. 모처럼 한자리에 둘러앉은 모습들이 행복과 사랑을 예견하는 희망의 자리 같았다.

와인을 두세 잔씩 마시다 보니 분위기가 한층 올라가면서 아버지는 어느 순간 '우리 사위'라는 소리가 나오고, 영진이 또한 넉살 좋게 '우리 장인어른' 하면서 장단을 맞추어 가고 있었다.

역시 남자들은 군대 이야기가 빠질 수 없다는 이야기가 실감 나듯 아버지와 영진은 서로 힘들었음을 경쟁이라도 하듯 군대 이야기가 시작되었다.

아버지는 하루라도 매 맞는 날이 없으면 불안해 잠을 못 잘 정도였다며 제대하시고 삼십 년이 지난 지금에도 그쪽을 보고는 오줌도 누지 않는다며 뻥 같은 이야기를 하셨다.

영진이도 화답하듯 후반기 교육을 받으며, 젓가락을 대야에 넣고 철사로 묶은 다음 철사 두 줄을 콘센트에 연결해 세숫대야로 라면 끓여 먹던 일, 자대 입대 첫날 군화 속에서 잠자라는 고참 이야기, 새벽 1시에 깨워 영하 20도 추위에 팬티 바람으로 냇가에서 얼차려와 물속으로 들어가기 등 정말 두 분 다특수부대 출신 같은 이야기로 시간 가는 줄 모르고 떠들고 있었다.

어느덧 와인이 세 병쯤 비어 갈 무렵 어머니는 두 남자의 군대 이야기에 살짝 끼어들어 남자들만 힘들었냐며 투정 대듯 이야기하셨다.

우리도 고등학교 때 교련 선생님이 얼마나 무섭게 했는지 아냐며, 어깨구급낭을 메고 제식 훈련할 때면 다들 지쳐 있는데, 오와 열을 맞추기 위해 깍두기 남자 교련 선생님이 우리들에게 마이크로 좌와 우로 넓혀야 한다고 '좌우로 벌려!'라는 구령에, 여학생들에게 엄청난 수치심을 주게 했다는 사건으로, 깍두기 교련선생님을 정직 처분까지 받게 했다며, 용감했던 여고 시절 이야기도 Y담처럼 하셨다.

영희와 영미는 화제를 바꾸어 보려고 군대 이야기는 두 분이 따로 만나서 밤새 이야기하시고 오늘은 엄마 아빠의 첫사랑 이야기를 해 달라고 했다.

엄마가 먼저 첫 만남을 털어놓았다.

아빠와 엄마는 한동네에 살았는데 40여 가구가 모여 사는 마을로 앞에는 저수지가 있고 뒤에는 시범 목장이 있어 누렁이와 검은 소가 함께 풀을 뜯는 것을 볼 수 있는 목가적인 환경에서 자랐다고 하시며 회상에 젖어 드는 듯했다.

작은 교회가 있어 일요일이면 교회에서 주일 학교 활동으로 자연스럽게 서로를 알게 됐고, 엄마는 어려서부터 예쁘다고 공주님으로 소문이 날 때쯤, 아빠는 엄마네 담장으로 엄마를 훔쳐보다 엄마와 눈이 마주치면 도망치시던 분이셨다며, 아빠의 어려서 짝사랑 과거를 들쳐 내며 엄마는 신나게 얘기하고 계셨다.

말이 끝나자마자 아빠는 3년 선배였던 자신이 일찍이 공주를 찜을 하셔서, 기어이 수많은 동창들의 경쟁을 제치고 20년 공들여 자기가 엄마를 차지했다고 하면서 오늘도 어깨를 으쓱하셨다.

엄마도 이에 질세라 글쎄 아빠가 군에 갔을 때 편지로 헤어지자 했더니, 군대를 탈영한다며 부대를 시끄럽게까지 하여 부대에서 군기 교육대까지 다녀올 정도로 관심병사 비슷했다며 아빠를 한 방 먹이셨다.

결국은 영희 할아버지가 엄마 집에 찾아와 우리 아들 좀 살려 달라 하시면서 일단 군 제대할 때까지만 이라도 헤어짐을 늦춰 달라 하여, 결국 그걸 믿고 조금 기다린 것이 오늘날 결혼까지 골인하게 되었다면서, 아빠의 짝사랑 성공담이 된 그 끈기 하나는 알아줘야 한다며 아빠를 오늘은 올렸다 내렸다 하셨다.

영진은 영희 엄마의 이야기를 들으면서 문득 떠오른 군대 생활 중 헤어졌던 아픈 기억이 생각나면서 영희를 바라보는 눈길이 다소 흔들리는 느낌을 받았다.

그러나 영희네 가족의 다정다감한 가족애를 오늘 바라보면서 안 좋은 기억을 모두 지워 버리기로 했다.

솔직히 영희네 집은 여자 셋에 남자는 아빠 혼자이다 보니 전체 집 안 분위기가 여성스럽지만 굳이 편을 가른다면 영미는 아빠 편에 서 있어서 집의 균형을 유지하고 있는 셈이었다.

오랜만에 영진도 영희네 가족 속에서 편안함과 따뜻함을 보냈다. 사람 냄새가 물씬 나고 정을 느껴 갈 무렵 시간을 보니 벌써 저녁 10시가 지나고 있었다.

영희가 눈치를 줬다. 영미는 그래도 아쉬운 듯 조금만 더 있다가 가시면 안 되느냐고 했다. 그렇지만 더 있다 보면 밤샐 것 같은 분위기에 엄마가 마무리를 해 주셨다. 오늘은 이쯤에서 들어가고 차는 놔두고 택시 타고 가라는 것이었다.

영진은 옷을 챙겨 입고 나가려는데 영희가 택시 타는 데까지 갔다 오겠다고 하니 영미도 따라간단다. 엄마가 영미를 달래 집에 있으라고 하고 결국 둘만이 집을 나섰다.

길을 걷다 보니 찬바람이 훅 하고 느껴지면서 영진은 순간 영희를 안고 싶다는 생각이 들어 무조건 영희를 꼭 안고 귓가에 사랑한다는 이야기를 했다.

영희는 정말 가슴이 두근거려 어찌 해야 할지 몰라 하는데 짓궂게 영진은 한 수 더 나가 우리 뽀뽀하자며 능청을 떨어댔다. 영희는 지나가는 사람들이 보면 큰일 난다며 영진을 조용히 밀어 냈다.

조금 걷다 보니 택시가 와서 영진은 집으로 향했다. 영진에게는 정말 오랜만에 가슴 두근거림을 느끼며 보냈던 시간이, 앞으로도 모든 일이 아름답게 펼쳐지리라는 희망과 행복으로 가득했고, 더욱 영희와의 소중한 사랑을 꿈꾸며 재미있게 살아 보겠다고 굳게 다짐을 해 봤다.

다음 날 일찍 일어난 영진은 어제 보지 못했던 잠실 쪽 집을 구경하고 계약을 하기 위해 영희가 부탁해 놓은 집이 있다는 부동산으로 갔다.

부동산 아저씨가 깜짝 놀란다. '저도 이영진 씨 팬'이라고 하면서 이곳에 오시면 집값 오르겠다며 너스레까지 떠셨다.

지난번부터 이야기하던 적당한 아파트가 있어 영진은 집을 본 후 계약까지 마치고 가까운 영희 집으로 향했다.

영희 엄마는 사위 식사 준비하듯 어느덧 만찬을 준비하고, 영희도 모처럼 쉬는 날이라 영진을 기다리고 있었다.

집에서 영진을 맞이하는 영희 모습이 오늘따라 유난히 맑고 깨끗해 보였다. 엄마는 영희에게 '화장 좀 하지.' 하셨지만 크림만 살짝 바른 듯 보이는 영희 모습이 영진은 더 상큼하고 사랑스러워 보였다.

점심 메뉴는 역시 사위에게 빠질 수 없다는 백숙과 갈비찜, 그리고 엄마의 손맛이라는 가지볶음, 깻잎김치는 영진이 어려서 어머니가 해 주셨던 그 맛이 느껴지는 것 같아 뚝딱 밥 한 공기 반을 비웠다.

"참 밥도 복스럽게 먹는다."

하시며 어머니는

"백년손님이 아닌 우리 집 아들 같다."

며 흡족해하셨다.

영진은 가볍게 커피까지 마시고 방송국으로 향했다. 이제 몸도 어느 정도 회복됐고 많은 음악 팬들도 방송을 듣고 싶다 하여 〈10시 희망음악〉을 다시금 시작하게 되었다.

당분간 라디오 쪽만 신경 쓰기로 하고 바쁜 일정도 줄여 가면서 대학원 공부도 하고 지금껏 정리하지 못했던 많은 일들을 정리해 보는 시간을 갖기로 했다.

주말이 되어 모처럼 방송이 끝나고 영진과 영희는 늦은 만남을 갖기로 하고 방송국 앞에서 작전하듯 만나 영진의 차로 서울을 벗어나 양평 쪽으로 향했다.

영희가 어디로 가느냐고 하여도 영진은 그냥 가면 알게 된다고 하면서 팔당을 지나 도착한 곳은 다산의 생가가 있는 강가였다.

어두컴컴한 곳이었지만 달빛에 비친 강의 모습과 흔들리는 수초의 모습은 더욱 운치 있는 분위기를 자아내고 있었다.

강가 쪽으로 차를 대고 밖으로 나가 강 가까이 가니 조금은 추웠지만 영진과 영희는 시원하고 가슴이 확 트이는 느낌이었다.

영희는 강물 가까이 가서 멀리 강물을 바라보다 보니, 추위보다 넘실거리는 작은 물결들이 가슴을 떨려오게 만드는, 묘한 감정이 온몸을 감싸 오면서, 영진이 뒤에서 안아 주기를 어느덧 기다리고 있었다.

영진도 뒤에서 영희를 바라보다가 안아 주고 싶은 감정을 억제할 수 없어, 조용히 다가가 영희를 뒤에서 안아 주고 긴 입맞춤의 시간을 가졌다.

차가운 바람이 불어오는 날이지만, 영진과 영희는 서로의 사랑을 다시금 확인해 보는 꿈같은 시간이었다.

이 시간 영진과 영희는 누군가 이야기했던 '사랑이 아닌 단어로 사랑을 이야기한다.'는 눈빛과 긴 입맞춤으로 사랑이 영원히 멈춤이 없기를 간절히 기도하였다.

쏟아질 듯한 하늘의 수많은 별들을 바라보며 둘은 또 한 번의 소원을 빌고 있었다.

　좋은 사람과의 만남이 주는 따듯함은 우리 삶에 있어 가장 큰 행복 중에 하나가 아닌가 하는 생각이 든다. 우리가 사는 것도 넘침보다 약간의 부족함에서 만족을 얻고, 사랑하는 사람의 도움으로 나를 다시 한 번 바로 세울 수 있게 된다면, 행복의 무게는 배가 된다는 작은 진리도 깨닫게 한다.
　앞으로 영진과 영희의 삶도 서로의 부족함을 인정하고 사랑으로 감싸 준다면, 두 사람의 아름다운 사랑의 멋진 미래는 밤하늘에 또 하나의 반짝이는 별이 되어 갈 것으로 기대해 본다.

별이 빛나는 밤

ⓒ 김준, 2024

초판 1쇄 발행 2024년 6월 12일

지은이   김준
펴낸이   이기봉
편집   좋은땅 편집팀
펴낸곳   도서출판 좋은땅
주소   서울특별시 마포구 양화로12길 26 지월드빌딩 (서교동 395-7)
전화   02)374-8616~7
팩스   02)374-8614
이메일   gworldbook@naver.com
홈페이지   www.g-world.co.kr

ISBN   979-11-388-3189-5 (03810)